現代女性作家読本 ⑥

髙樹のぶ子

NOBUKO TAKAGI

与那覇恵子 編

鼎書房

はじめに

二〇〇一年に、中国で、日本と中国の現代作家各十人ずつを収めた『中日女作家新作大系』（中国文聯出版）全二十巻が刊行されました。その日本方陣（日本側のシリーズ）に収められた十人の作家は、いずれも現代の日本を代表する作家であり、卒業論文などの対象にもなりつつありますが、同時代の、しかも旺盛な活躍を続けている作家であるが故に、その論評が纏められるようなことはなかなかありません。

そこで、日本方陣の日本側編集委員を務めた五人は、たとえ小さくとも、彼女たちを対象にした論考の最初の集成となるような本を纏めてみようと、現代女性作家の読本シリーズを企画した次第です。

短い論稿ということでかえって書きにくい依頼にお応えいただいた、シリーズ全体では延べ三〇〇人を超える執筆者の皆様に感謝申し上げるとともに、企画から刊行まで時間がかかってしまったこともあって、早くから稿をお寄せいただいた方に大変ご迷惑をおかけしてしまいましたことをお詫び申し上げます。

『中日女作家新作大系』に付された解説を再録した他は、すべて書き下ろしで構成していることに加え、若手の研究者にも多数参加して貰うことで、柔軟で刺激的な論稿を集められた本シリーズが、対象の当該女性作家研究にとどまらず、現代文学研究全体への新たな地平を切り拓くことの一助になれればと願っております。

現代女性作家読本編者一同

目次

目次

髙樹のぶ子

髙樹のぶ子の作品世界――与那覇恵子

　確固とした愛情や友情で結ばれている、と考えていた関係が、思いもかけない出来事によって取り返しのつかないほどに壊れてしまう。そんなつもりではなかった言葉や行動が、相手を傷つけ、心に深い傷を負わせ、それまで培ってきた信頼関係や絆を根底から覆してしまう。ある衝動につき動かされて、人はこれまで築き上げてきた世界を一挙に崩壊させてしまうような行動をとってしまうことがある。

　一方、自己の情熱に対し単純に、純粋に、一途に向き合うことができずに、その思いを封じ込めてしまうこともある。自己のプライドが傷つけられることを恐れる現代人は、相手に魅了された自分の心を隠し、相手の心のみを自分に向けさせようとして発した言葉に逆襲され、愛すべき相手との距離を遠ざけてしまうこともある。さらに肉体は相手を求めているのに、かえって相手との性愛の記憶を保ち続けるために一回限りの性愛にこだわったり、抱き抱かれたいという意識を持ちながら抱き合わないことによって性愛への渇望を残し、永久に互いを思い続けるという形での愛にこだわる者たちもいる。

　髙樹のぶ子は、人の情熱が裏切りを誘発し周りの人間を不幸に陥らせる人間の関係を、男と女の一筋縄では展開しない複雑なエロス関係を、友情と恋愛に絡めて物語化する。彼女の作品群は、清水良典が指摘するように〈どんなに恋愛や性のモチーフが繰り返されても、そこで行われているのは言葉をエロスと格闘させることなのであり、モラリスティックな言葉の実験〉（「解説」『これは懺悔ではなく』講談社文庫、95・4）ではあるけれど、そこには様々な《愛》の可能性が探求されていることも、また確かなことなのである。

文学界新人賞を受賞した「その細き道」（「文学界」80・12）は、兄弟のような絆で結ばれていた男二人が妹のように接していた女を愛するという、古来より恋愛の基本的な関係と見做されてきた三角関係の構図で描かれた小説である。ともに司法試験を目指す二人の男に愛された加世は、司法試験に合格し社会的に自立した後で求婚することを愛の証と考え性的欲望に耐えた精二ではなく、女への愛と欲望とさらに試験への不安といった感情につき動かされて衝動的に彼女を抱いてしまった宏を選ぶ。加世は、理性的で正義感に溢れた一人でも生きられるようなタイプの精二ではなく、女の支えをどこかで必要とし、欲情と激情を抑えかねる弱さを漂わせた宏に惹かれたのである。この選択には、強固な友情さえ破壊してしまうような行動へと人を駆り立てる宏の衝動と同じ心の動きが、加世の中にも存在することを示している。理性では制御できない意識を持つ、正義や正論から逸脱してしまう人がそこにはいる。この小説のあとがきに作者は〈人間が人間に及ぼす影響のなかで、もっとも深い部分を揺り動かすものは何だろうと考えてみるとき、友情や信頼、無償の行為といった、人間の美質がもたらす抗いがたい力を、思わないではいられません〉と、記している。作者は裏切ってしまう人間を書く一方で、それらを許容する人間をも造型する。

「その細き道」の最後は〈決して赦すものか〉と言っていた精二が現れ、二人との和解が暗示される。〈傷ついた自尊心や敗北感との葛藤〉を経て二人を赦す境地になったのであろうが、この小説ではその面を深く掘り下げているとは言い難い。髙樹は「その細き道」に続く『時を青く染めて』（新潮社、90・4）、『億夜』（講談社、95・10）を三部作と呼んでいる。『時を青く染めて』ではストイシズムを貫くことで、肉体の接触によらず女の官能を呼び覚まし、肉体的にも精神的にも己を相手に刻印しようとする裏切られた男と、友情と信頼を確認すべく妻を一夜、友のもとに送った夫、その間に置かれた女（妻）、『億夜』では婚約者の弟と関係してしまう女性、という三者の関係を通して、〈人間の美質がもたらす抗いがたい力〉の磁場が、深く問われていくことになる。

芥川賞受賞作「光抱く友よ」（「新潮」83・12）も、友への友情の証が友への裏切りとなる、という作品である。大学教授を父に持つ高校二年生の涼子は、穏やかな家庭に育った優等生である。涼子は、売春や堕胎の噂がある同じクラスの勝美が、担任教員に理不尽に殴られるのを目撃して、〈底無しの闇〉にとらわれそうになりながらも彼女と親しくなっていく。勝美には、アルコール中毒で入退院を繰り返し、時には暴力も振るう母がいた。なげやりな部分と一途な部分をあわせもった勝美は、そんな母に献身的につくしている。アル中で暴力的でそして無学な母。そんな母の姿を母自身に悟らせないこと、母の存在が娘の負担になっているということを母に気づかせないこと、それが二人の暗黙の秘密となり守るべき約束となっていく。娘に頼りきっていながら娘を貶める勝美の母の言動に逆上した涼子は、秘密を喋ってなじってしまう。

理不尽とも思える母・娘関係（それはまさに娘の母に対する無償の行為である）の前に、友を守ろうとする愛（それを正義と呼ぶこともできよう）は裏切りとなってしまった。一般的には《裏切り》と呼ばれてしまう行動が、高樹のぶ子の小説では通常とは異なる意味を担わされているようだ。約束や誓いを破る行為は、その結果の如何にかかわらず人間同士の《絆》を結びつけ深化させる重要な要素だと捉えられている。〈光の中から暗がりへ、また光の中へと、ゆっくり遠くなって〉いく母娘の姿は、くっきりと涼子の心に刻印されるのである。『時を青く染めて』でも結婚した二人は、友の心を傷つけ裏切って結婚したのだと呪縛に強く捉えられている。二人の意識には常にもう一人の人間が抱え込まれており、それは二人の生を拘束するほどに強い《絆》なのである。

《裏切り》が《絆》となる人間認識には、クリスチャンではないがミッション系の大学で学び、《原罪》という言葉に強く惹かれるという髙樹のぶ子の感受性が投影されているともいえる。神の絶対愛に見守られてエデンの園で安定した生活を営んでいたアダムとイヴは、ふとしたでき心から神との誓いを破り禁断の実を食べてしまった。二人は二人を最も愛した者を裏切ってしまうのだ。キリスト教では、この二人を始祖とする人間は愛する者を裏切る《原罪》を抱えた存在だと見做す。そこから善と悪は截然と分かたれるものではない、人間とは本来的に過ちを犯してしまう存在なのだ、という作家の認識が生まれたのであろうか。裏切りによる絆の確認という認識には、妻子ある男性との恋を貫くために三歳の息子を置き去りにした作家自身の体験が投影されていると見ることもできよう。瀬戸内寂聴との対談（「ミマン」96・7）で、自分の生活は二つの家庭を破壊した上に成り立っているのだという〈負い目〉と〈痛み〉が小説を書かせてきた、と語っている。しかも〈破壊〉した者が破壊を後悔するのではなく、それをバネに生きる輝きを持つことが相手への謝罪ともなると述べている。

このように髙樹のぶ子の小説には憎しみや怒りからではなく、愛や自己の欲望に忠実であるが故に人を裏切ってしまったり、罪を犯してしまったりする人間が多様に描写される。『波光きらめく果て』（文芸春秋、85・9）の羽季子は、その代表的な人物である。羽季子は不倫相手の年下の男との愛に破れ、夫からも離婚を言い渡され、自殺をはかるも未遂に終わってしまう。行き場をなくした彼女は母の住む田舎に戻るが、そこでも従姉の夫と関係をもち親戚の絆に罅をいれてしまう。夫から〈体がだらしない〉と言われる羽季子。結果的に周りの人間を苦しめてしまうことになる彼女の行動。しかし羽季子には〈そのときどきのすべてが真剣だった。いい加減な気持で相手を求めたことなどなかった。いつだって一所懸命だった〉のである。〈したたかに叩きのめされ、家族まで苦しめてもまだしぶとく生き残り、懲りずに発色してくる疚しい輝きとでも呼べるもの〉に、呆然となる羽季子。《だらしない体》とは、《欲望に忠実な肉体》の謂でもあろう。真摯であるゆえに《肉体＝欲望》に忠実である羽季子。心ならずも愛する人を裏切ったり騙したりしてしまう、他者にとっての裏切りが自己の生命の輝きともなるような逆説性を抱えた存在、それが人間なのだという発想がここには認められる。

作者は、肉体の衝動に翻弄される人物たちを人間の原型と見做しているかのようである。『これは懺悔ではなく』（講談社、92・5）の〈わたし〉や『氷炎』（講談社、93・5）の氷見子にその傾向がみられるが、意志的に《欲望に忠実な肉体》のままに振る舞うのは『百年の予言』（朝日新聞社、00・3）の充子である。彼女は愛する人を傷つけるだろうことを知りつつ欲望を抑制しない。欲望に忠実に肉体を希求する者は多く女性たちであり、男性の場合には肉体を禁ずることを愛の証とする傾向がある。『時を青く染めて』の高秋は、互いに触れ合いたいという沸点の状況を作り出してなお相手を抱かないという形で、滝子の身体に渇望のエロス感覚を刻むのである。川西政明はそれを男の〈愛の絶対性〉（「解説」新潮文庫、93・10）と名づけるが、観念的な愛ともいえよう。

肉体の接触によらず相手の官能を呼び覚ます男を造型する一方で、そんな友に嫉妬し殺意を抱いた男の、謎の死を対置させることで、不在（死）が新たな関係を紡ぐ契機となることが『時を青く染めて』には示唆されている。そして『億夜』では、人を繋ぐ絆を、裏切り、嫉妬、自殺という人間関係のマイナス要因を絡めて描く。人間を呪縛する関わりこそが人の絆を深めるのだ、というかのように。

『億夜』での三角関係は、兄の婚約者に弟が絡む構図である。山の中の一軒家で昆虫を相手にひっそりと暮らす光也を、兄竹雄は愛しながらも〈弱虫〉と見ている。〈落ちこぼれ〉が種の分布を広げたり種の進化を進めたりすると考える弟とは、その価値観が真っ向から対立している。社会的強者ともいえる竹雄にすべてを任せきっていた沙織は、光也に出会って〈体の沼底〉で触手がふれたと感じ、激情のままに光也と抱き合う。だが三角関係の桎梏から抜け出すように光也はマレーシアに旅行。その地で謎の自殺を遂げる。竹雄も沙織もそれぞれに結婚したが、光也の死の呪縛に囚われてもいた。光也の死から二十五年、マレー語で〈この中に言葉あり〉と書かれた沙織に残された〈蜉蝣の箱〉と、兄に送られたマレーの山中で現世の生から自由な昆虫になって飛翔した夢を見たと書かれた手紙をきっかけに、二人は現世の生から自由な生命体として生きている光也を感受する。まさに〈人間の美質がもたらす抗いがたい力〉＝《死者の言葉》が人を揺り動かし、新たな関係を築かせるのである。『花渦』（講談社、96・9）では失踪した男との記憶を辿る四人の女性の物語を通して、失われた相手との関係は人を呪縛する桎梏ではなく、その関係の記憶こそが関わりの真髄なのだとされる。谷崎潤一郎賞を受賞した『透光の樹』（文芸春秋、99・1）は、相手が死んでなお相手との《生身》の官能を享受できるといった究極の愛の世界に挑戦した作品である。

三角関係の構図で恋愛を紡いできた髙樹のぶ子は、『透光の樹』では第三者を介在させない二人だけの《純粋空間》を創りあげる。恋愛に関する様々な禁忌が消滅した現在における恋愛小説の可能性を、髙樹は友人の恋人や兄の婚約者との性愛といった障壁を通して描いてきた。『透光の樹』の障壁は人ではなく、金である。子供を連れて離婚した山崎千桐は、病気の父を入院させる費用を必要としていた。そんな時に現れたのが二十五年前に刀鍛冶の父の取材をした今井郷であった。現在、彼は東京のプロダクションの社長となり妻子もあった。惹かれ合う二人だが、抱き抱かれたいというストレートな感情を環境の相違と四〇代という年齢が阻む。千桐の出した提案は、父の入院費用という名目で郷に金を用立ててもらい、千桐は体を提供するというものであった。

二人は売春と買春という形で性愛のみの装置をつくり、恋愛感情を排除しようとする。しかし体は敏感に反応し官能の極致にいたる。東京と北陸鶴来を往復するその後の二年間の情交は、二人に金銭関係を超えた確かな

《愛》を感受させる。やがて二人は〈森のように見えるが全体が一本の木〉である縄文杉に匹敵する六郎杉に、二人の性交の姿態を刻み愛の標とする。その後数十年会わないままに郷は死を迎えた。アルツハイマーに冒され始めた千桐は彼の死を知り、六郎杉にまたがる。六郎杉の上で二人が交わした言葉、情交の数々、身体に刻み込まれた官能の記憶が鮮やかに甦り、千桐の半身に郷が宿る。千桐の妄想という域を超えて、六郎杉の上で二人は合体した身体となるのである。髙樹は『透光の樹』で、一人の人間の身体に男女の官能が合体した《純粋恋愛空間》を創出したといえよう。

千桐と郷の関係は、六郎杉に容認された自然のなかに宿った愛という面が強い。髙樹のぶ子は自然に生かされる人間という発想を持つ。そのタイトルには『星夜に帆をあげて』(文芸春秋、86・7)、『虹の交響』(講談社、88・9)、『ブラックノディが棲む樹』(文芸春秋、90・10)、『銀河の雫』(文芸春秋、93・9)、『蘭の影』(新潮社、98・6)、『蔦燃』(講談社、94・9)など、自然を名づけたものも多く、人の生命が植物や動物の比喩で表現される。風の動き、水の流れ、日の光といったような気配が、人の心の動きや意識の流れと重ね合わされて描出される。「その細き道」で二人の男性に妹のように愛されていた加世は「私は、居心地のよい陽溜まりを見つけた鳥のような心境でいた」と、その時の気持ちを語る。また『光抱く友よ』、『波光きらめく果て』、『白い光の午後』(文芸春秋、92・2)、『透光の樹』といったタイトルが示すように、祈りや救済を表す《光》は、髙樹文学の重要なキーワードである。さらに『霧の子午線』(中央公論社、90・11)、『サザンスコール』(日本経済新聞社、91・6)、『湖底の沼』(文芸春秋、93・2)、『氷炎』(講談社、93・5)、『水脈』(文芸春秋、95・5)といったタイトルからも明らかなように、〈水〉を描く作家でもある。

水はその形状を置かれた状況によって様々に変える。それはまさに他者によってつき動かされる人間の心そのものともいえる。そんな心を地上（表面）からは見えない地層（意識内部）を流れる水として描いたのが十二篇のアクア・ファンタジー集『水脈』である。噴出する手前で止められた情念を〈水の底でうずうずと一生の大半を過ごす〉水草アワレモに例えた「浮揚」。祖母の残した滝の絵の中に入り、祖母の情交を目撃する「裏側」。破水の経験と下痢、スキューバ・ダイヴィングのミスといった死をもたらす水の力をちりばめた「月夜」。浸透膜の作用を持つという不思議な木〈ヒルギダマシ〉の枝を脇腹の穴に挿入され人工透析を受ける若い女性のなまめかしさを描いた「還流」。澱み、浄化し、時には死へと誘う様々な水のイメージが表現される。清水良典は〈固体の日常生活のリアリティーが、ある時点から一挙にエロスの世界へ妖しく液状に流出する物語群〉で〈近代稀な美しい短編集〉（「本　溶けることと　混じること」「新潮」、95・8）と評価した。人の心の闇、妄想、そして記憶と、どの作品も他者と関わって生まれ出る官能ではなく、自己の内部から滲み出したエロスが表現されている。

人をある行動へと駆り立てる複雑で多層なエロスの解剖は、最近では外国を舞台に民族の歴史と文化を男女の恋愛と交差させた『イスタンブールの闇』（中央公論社、98・2）、『百年の予言』、『エフェソス白恋』（文化出版局、02・9）、『ナポリ魔の風』（文芸春秋、03・10）で展開。恋のアラベスクを織り続けている。第二次大戦で特攻隊の隊長だった父をモデルに、戦後の日本に鋭い批判の眼差しを向けた『燃える塔』（新潮社、01・2）など、現代史に人間の官能とエロスを織り込んだ新たな小説空間を創出し始めている。

（東洋英和女学院大学教授）

付記

なお、本稿は、川村湊・唐月梅監修、原善・許金龍主編、与那覇恵子・清水良典・髙根沢紀子・藤井久子・栄勝・王中沈・笠家栄・楊偉編『中日女性家新作体系・日本方陣』（中国文聯出版社、00・9）全十巻のうち、『髙樹のぶ子集』の解説に、若干補筆したものである。

「その細き道」――関谷由美子

一九八〇年十二月「文学界」初出、一九八三年九月文芸春秋社より単行本化された髙樹のぶ子のデビュー作。一九六〇年代後半、高度成長期、語り手〈私〉こと加世は、山口から上京して東京郊外の短大に進学し、慣れない東京暮らしの中で、司法試験を目指す福井出身の二人の青年と知り合う。作者自身、一九六六年に郷里山口県瀬戸内から上京、東京女子短大に入学しており、主人公加世には作者の青春時代が重ねられている。初出から四年後に書かれたエッセイ「「友情」なんて「愛」の前では無力」(『熱い手紙』所収)の中で作者は、〈この三角関係でまさに現実離れした美点は、ひとりの青年を裏切った男女は、どこまでもひたむきに、この孤独な青年の気持を思いやるわけだ。彼の心を思い苦しむ。さらにもうひとつ希有な点は、この裏切られた青年が、最後には自分を裏切ったふたりを赦そうとするところだ。〉と要約した後〈裏切られた青年が彼らふたりを赦そうとするのは嘘ではないだろうか〉と、過去の作品への〈正直な思い〉を述べている。この作品の舞台となった一九六〇年代後半からすでに四十年に近い歳月が流れた。小説が書かれた一九八〇年から数えても四半世紀が過ぎようとしている。その歳月は、作者がこの物語に託した愛や友情のナイーブさを大きく変容させた。われわれは思想としてのフェミニズムの視座を抜きにして男女の愛や男同士の友情を考えることは困難な時代を生きている。

社会的な文脈において一九六〇年代後半は、全国的な学園紛争の時代だった。大学構内は旧秩序の解体を求める立て看と壁の落書きで劇場と化した。しかしこの三人の男女にあってはこの外的状況は〈紛争に明けくれる学生達から見れば既に年をとりすぎている二人と、その紛争の意味すら解らないでいる幼い私の三人が、並んで立っていたのだ〉という位置付けでしかない。しかし産業化が達成され、巨大なエネルギーが日本の風景を町も村も含めて大きく変えていったこの六〇年代の刻印をこの三人も間違いなく受けている。高学歴化は進み、女性の大学進学率の飛躍的な伸びが、「女子大生亡国論」という言葉を生み出したのは六十二年のことである。この小説は、明治期にさかんに書かれた「上京する青年の物語」の系譜を引き継ぎつつ、戦後に新たに生まれた「上京する少女の物語」を重層させる。高学歴化が進んだとはいっても「女子大生亡国論」などの揶揄もしくは批判が示すように、女性は専業主婦として、企業戦士たる夫の労働力と次代労働者の再生産に従事すべきもの、とみなされていたのがこの六〇年代であった。加世は、六〇年代におけるこのジェンダー・イデオロギーに対して非常に従順である。従順であるからこそ、この小説は〈弁護士の息子ができるとは嬉しいかぎりだ〉と〈本州の果てから送り出してくれた〉親の期待をかなえる、娘の〈成功〉物語を枠組みとするのである。加世は、男性の「自己主体化」と女性の「自己客体化」という、男女双方の宿命とされてきた関係性をいささかも踏み外すことがない。それどころかジェンダー配置を補強し安定化する母の役割さえ担っている。二人の青年のうちの一方の宏は、経済的背景はもとより何においても親友の精二にかなわないと感じている。そして加代はこの宏と結ばれることになるが、二人が初めて関係をもった夜、宏は精二への遠慮から腹部にタオルを当て、行為をためらう。タオルを外したのは加世である。その時宏は、精二にとって加世が〈結婚したい女〉であること、しかし〈司法試験に受かるまでは妹として通す〉と宏に語っていたことを打ち明ける。その瞬間から加世も、宏が精二に対して抱く罪障感を共有することになるのである。

いったい何故精二が、加世の意志を確かめもせず加世が自分の未来の妻であることを宏に宣言できるのか、何故精二は関係というものをそのように固定的安定的なものとみなせるのか、また何故宏は加世の気持を確かめもせず精二に嫉妬するのか、の説明はない。さらに宏から初めて、精二が自分を未来の妻とみなしていると聞かされた加世が、何故宏の負い目をそのまま自分のものとして、全く素直に二人の男達からまなざされる客体としての自己になり切れるのか、今日の目から見れば奇妙と言わざるを得ない。男たち二人の黙契によって、加世はすでに精二のものだったことを宏を通じて一方的に知らされたわけである。すなわち男達は加世を共有し、交換する。したがってこの物語は、三角形をした異性愛の物語に重要なプロットを据えつつ、焦点を異性愛の絆から男同志のホモソーシャルな絆へと移すのである。女性蔑視と、男同士のホモソーシャルな欲望を内在させる近代社会は、女の主体化を認めず、無邪気な幼女もしくは無償の愛を供給する「母」であることを女に強いてきた。三浦海岸の海水浴の場面で、仰向けになった加世の腹に二人の男が左右から頭を乗せて横たわる構図は、男達の〈マスコット人形〉の位置にあった加世が、実は母の役割を果たしていることを明らかに示している。

精二の言葉も宏の頷く動きも、私の腹部の深い場所でくりひろげられている戯れのように感じた。私には理解できない彼らの会話であっても、それらは、私の腹腔に反響しているのだ、と思った。

人形、妹、そして母、という重層される役割こそ社会が理想としてきた女性像だ。男達が加世を蹂躙する時、加世の母性はしなやかに彼らに寄り添い、女の領有という男のエゴイズムを隠蔽する。宏と加世が初めて結ばれる場面で、加世が二人の間に挟まれたタオルを外し、行為を遂行させなければ宏は、精二へのすまなさ、という心理的障害になす術をもたぬ幼児に等しかった。精二を思いやる宏のためらいは、〈どんな女にも一度はとことん正直な気持、とかね、澄んだ目をもつ機会が与えられてると思うの。それが今なんだわ。〉と感じている加世にとっては侮辱以外のものではないはずなのに、かえって加世は、精二のことを片時も忘れ得ない宏に対し、自分の一途さを恥じさえするのだ。

タイトルの『その細き道』とは、具体的には加世と宏が、精二を試験勉強に打ち込ませようとの計らいから、二人の関係を続けながら、精二に対する罪の意識を暴露の日まで持ち続けようとする努力を指している。しかしそのような曲芸的意識状態を維持し続けることは、二人には当然無理なわけで、暴露の日は来る。その時、男同士の了解によって加世は精二と二人きりで会うことになるのだが、この局面における〈自分との闘い方を知っている精二や宏は、私を遥かに越える存在なのだ―〉という加世の心性は、まさに加代が二人の男に共有される、主体性を剥奪された女であることを明かしている。この時、精二と加世の間には結局何も起こらなかったけれど、そこに加世の意志は全く働いていない。加世と関係を持ちながら〈友達の大事なものを奪い、自分への制裁もできない男は、やはり負け犬だ〉という意識を遂に追いやることのなかった宏の意識が、そのまま加世の身体に反映していたのである。精二は二人の前から離れてゆき、試験に落ち、宏は合格する。しかし半年後、宏と加世の住むアパートを精二が訪れ、加世は〈声を放って泣き出しそうに〉なる。

一九六〇年代の学園紛争は、体制の自己保存のメカニズムとしての「母という制度」に対する反逆でもあった。「とめてくれるなおっかさん／背中のいちょうが泣いている／男東大どこへ行く」というコピーが書かれたのは、この作品の時空と重なる一九六八年である。男達は母を抹殺しつつもまたもや母を他の女に求めるという形で、絶望的にエディプス的母に固着していることを『その細き道』は明らかにしているのかもしれない。

この作品の予定調和的結末に嘘を感じた作者は、この後、『時を青く染めて』、『億夜』において、自壊してゆく男達の物語を書き継ぐことになる。

（成城大学短期大学部非常勤講師）

「光抱く友よ」――小林裕子

この小説の二人のヒロイン――涼子と松尾という女性像は、高樹のぶ子の初期の小説に繰り返しあらわれる典型的イメージである。奔放な恋愛体験を繰り返す女と、それとは対照的に質実な生き方を守ってきた女。この二人の間に生じる葛藤とある種の友情を通じて、青年期におけるアイデンティティの確立の過程を描く、というテーマを持つものが多い。この小説は一九八三年十二月、「新潮」に掲載され、翌年芥川賞を受賞したが、その直後に書かれた「波光きらめく果て」の羽季子とその従姉、「春まだ浅く」(『光抱く友よ』新潮社所収)の貴子と容子、などがそれにあたる。この二人はともに高樹のぶ子の分身というべきもので、したがってこの二人の間に葛藤をはらみつつも、ある種の友情が生じるのは、青年期の作者の自己矛盾の直視とその解決への希望を示すものだろう。似たような設定で三角関係の男女を男性作家が書く場合、男から見たA女、男から見たB女が描かれることはあっても、二人の女の間に生まれる友情が描かれることはめったにない。そこに高樹のぶ子の女性作家としての特色がある。

作品構成は、涼子と松尾との間で生まれる理解と理解不能が交互に示され、涼子はそれに翻弄されることによって、自己懐疑と自己不信を経たのち、矛盾に満ちた新たな自己の発見へ、さらに多層的で複雑な人生と人間の発見へと脱皮を遂げていく、その過程が描かれている。「不良」というレッテルを貼られたいかがわしさの漂う松尾と、憧れと幼い恋の対象だった若い男性教師とのいさかいを耳にした涼子は、教師の浅薄な誤解と苛立ち、さらには暴力を目にし、一方、母に対する松尾の真摯な愛情と、世間にも男にも幻想を抱かぬ冷徹な人間認識を感じ取る。涼子の中での人間認識が反転し、憧憬と嫌悪が入れ替わるという、ドラスティックな経験に直面する。彼女はその若さゆえに自分のこれまでの価値観に固執しないし、むしろ、自分に衝撃を与え、目覚めさせてくれるような鮮烈で強靭な力を求めているように見える。なぜなら彼女は、性的に成熟し、逡巡のない、醒めた松尾の態度のなかに、未知の、可能性としての自分を感じ取っているからだ。

涼子は恵まれた環境の中で、鋭敏な感性と、偏見のない目で周囲の人間たちに触れ、自分を作って行く過程にある。一方松尾は、早くも人生と人間に醒めた見切りをつけ、社会の負の側面、醜悪と汚辱を背負わされる立場にある。しかし、その崩れた退廃的外貌の影に清冽な魂を潜めていて、その清冽さに触れた涼子の心を捉えるという展開になる。二人の接点は、清冽で崇高なものへの憧憬であり、それを表徴するのが星雲、「光抱く友よ」の光でもある。しかしそうした接点、二人の相互理解と見えたものが、涼子の家庭に松尾を招待することによって崩れ去る。松尾は二人の接点である星雲にさえ興味を示さず、コケットリーを振りまいて、涼子を幻滅させる。

この場面における父親の役割は重要である。松尾と出会うまで、涼子の生の指針はもっぱら父親にあった。科学者である父は〈自分の目で見るまで何事も信じるな〉と教える。涼子はその父の言葉どおり、松尾と出会い、自分の目で確かめた体験によって、これまでの人間観を転換させる。松尾の挑発を受けて、ぎごちない対応をする父親の姿は、これまでの絶対的権威者の像から揺らいで見え、その結果彼女の中で、父親は絶対的生の指針という役割を微妙に変えていくのだ。

男性教師の浅薄さと未熟さを知って一つの恋が終わり、松尾によって女の抱える闇の深さと、その底に潜む至純な魂のありかを知る。しかし、星雲を仲立ちに魂の共振を求める働きかけを、松尾に拒否されたと感じた涼子は、苦悩からの解放を求めて、裏山に上る。魅惑と反発とがねじりあい、始末のつかぬ感情の縺れを、一度突き放し、客観化する効果を期待したためだ。この場所からは、松尾との出会いの場が、一望のもとに見下ろせるのだ。〈こうして見下ろしてみると、松尾とのつきあいはひどく小さな行き来だったように思えてくる。これから出会う何百何千という人間の中のたった一人にすぎない、ということもわかる。だが本当に何百何千の中の一人だろうか。〉答えは「否」である。松尾は唯一の存在であり、彼女との関係が自分に納得のいくものにならなければ、涼子は一歩も前に進めないような精神状態にあるのだ。魅惑と反発によって涼子を翻弄する松尾のイメージが、涼子の中に正しく位置付けられなければ、松尾によって扉を開かれた涼子の新しい人間認識――汚辱の陰に清冽・至純な魂が潜むという人間認識の転換をも、位置付けることが出来ない。いわば、涼子は自分の内面のありようを確定できなくて混乱に陥っているのだ。ここで目にした河口の発光点のイメージ――〈またたくまに河口いっぱいに拡がり、次から次へと白い火矢のようなものを涼子めがけて放ってきた〉という水と光の織りなすきらめきは、救済のイメージとして、髙樹のぶ子の偏愛してやまないものだ。

古来、日本人は宗教的救済を求める際に山や丘に登ったものだが、髙樹のぶ子の小説のヒロインにもそれに似た救済への願望が見られるようだ。「波光きらめく果て」や、「春まだ浅く」のヒロインも、衝撃と混迷からの救済を求めて山や丘に登るのである。ただし、この小説ではこの時涼子は真の救済は得られず、この後彼女は、手紙の代筆の件を勝美の母親には秘密にするという、勝美との約束を破ってしまう。母親はアル中で満足な手紙も書けないため、頼まれて涼子は代筆するのだが、そのことを知れば、母親は傷つかずにはすまないだろうと松尾は怖れ、母親への愛情と自らの矜持のために、彼女はなんとしてもその秘密を守ろうと決意する。そこに潜む松尾の純粋な愛情と決意の美しさに涼子は打たれたのだ。その一点に於いて二人の相互理解が成立し、至純にして崇高なものへの憧憬という二人の接点を涼子は見出した。したがってこの約束を破ることは、松尾への裏切りであるだけでなく、自分で自分を汚すような蹉跌を犯したことになる。。同様の蹉跌を松尾のほうも犯している。涼子の家に招待された際に、涼子の父に示した松尾のコケットリーがそれである。大学の研究職にある父親という庇護者を持ち、世間的に見て理想的な家庭。そこに招かれた松尾が屈辱感を跳ね返すには、若い女の媚態によって父親の「男」の側面に揺さぶりをかける以外になかったわけだ。

重要なのはどちらの場合も、互いに相手に屈辱感あるいは敗北感を覚え、それを跳ね返すために取られた行動だということである。涼子が松尾との約束を破るのは、花見の席で、酒を強いられて、という偶発的な事情が重なったという設定にはしてある。しかし、無意識のうちに、涼子の中には松尾に翻弄される自分に屈辱感を覚え、その状態から脱却して優位に立ちたいという願望が潜在的にあったことは明らかであり、だからこそ、松尾の最大のウィークポイントに触れてしまったのだ。その結果、涼子と松尾の決定的な離別が訪れるが、その時示された松尾の許しのサインによって、涼子はしたたかに敗北感を味わいつつも、松尾を「光抱く」存在として確認し、新たな人間認識を自分の中に位置付けて、少女から大人の女性への脱皮を遂げたのではないだろうか。

しかし、涼子のこうした人格形成のための学習は、自らも傷を負うことによってしか成し遂げられない。愛する対象も自分も共に傷つけることによって、人間は自分自身を作って行く。髙樹のぶ子が小説の中でもっとも語りたかったのはこの点であろう。芥川賞を受賞したこの小説のあともくりかえし、この作家は同じテーマで小説を書き続けるのである。おそらくは新たな恋愛によって最初の結婚が敗れた痛みを通して、作家はこのことを実感したに違いない。

（城西大学別科専任講師）

『寒雷のように』――小林美恵子

『寒雷のように』（「文芸春秋」、84・4）は、髙樹のぶ子のごく初期の作品三本を収めた短編集である。表題作「寒雷のように」（「文学界」84・3）は、作家としての活動が軌道に乗ってからの作品であり、すでに読ませることを意識した余裕のようなものが感じられる。が、一九八二年五月発表の「残光」（「文学界」）については、一九七九年に髙樹が「文学界」新人賞に応募、落選した「酸き葡萄酒」が初出とみられ、また「麦、さんざめく」も翌八〇年にやはり落選した同賞応募作であり、ともにまだ無名で荒けずりだった髙樹の、執筆意欲に駆られるままに書き上げたような熱さが伝わってくる作品である。千数百本もの応募作品から五本ほどに絞られる最終選考に残ったとはいえ、審査員の評は、決して芳しいものではなかった。この短編集刊行の際、おそらく髙樹自身にも、この二作に未熟さを自覚するところはあったはずである。が、彼女には、どうしてもこれらを単行本に収めて発表したいというこだわりがあったのだろう。作者の強い思い入れが感じられるこの二作品には、出来ばえの善し悪しを超えて興味をそそられる。ここでは、あえて表題作ではなく、書かずにいられない何かを抱えてまだその表現を手探りしていたころの二作品を取り上げ、髙樹の初期の軌跡に触れてみたい。

髙樹の作家としての起点に、彼女自身の離婚・再婚という体験が深く関わっていることは、よく知られている。彼女は、「文芸春秋」（90・3）掲載の「無名時代の私―辛い季節の中で」で、恋愛によって結婚生活を破綻させ、前夫を傷つけた自身を〈一人の弱い男を十字架にくくりつけ血祭りにあげた者〉と表現したうえで、次のように述べている。

文学界新人賞に、初めて応募した作品は「酸き葡萄酒」という、聖書からとったタイトルにした。無能で社会生活からドロップアウトした男とその息子を、若い女が傷つける。傷ついた男と息子が、女の前から姿を消したとき、女は初めて強い苦痛を覚える、という話だった。これは最終候補の五編に残ったものの、受賞しなかった。次回も最終選考に残った。「麦、さんざめく」というタイトルのこの作品は、ひとりの少女が、病弱な友人を傷つけ、死に到らしめる話だった。やはり受賞しなかった。

改題前の「残光」とみられる「酸き葡萄酒」が落選した第四九回文学界新人賞の各選考委員の評をみてみたい。田久保英夫は、〈独身女性と〈奉仕会〉のかかわり〉を書いたのか、宗教と性欲の関係を書きたいのかわからない、としたうえで〈息苦しい女の体質だけが出て主題は充たされていない〉と述べた。阿部昭は、〈よくわからない〉〈気持ちよくは読めなかった〉と言い、他に柴田翔や古井由吉、清岡卓行の評が続くが、総じて、何をいおうとしているのかよくわからない、というのが委員たちに共通した読後感だったようである。では、それにもかかわらずこの作品を最終選考まで残らしめた魅力とは何か。髙樹自身は、先に引用したエッセイの中で、この「酸き葡萄酒」と「麦、さんざめく」について、〈この二編は、受賞に価いしなかったと、いまは認めざるをえない。しかし、あの離婚後の心境でペンを執ったとき、〈加虐の痛みと、痛みのなかでの再生〉というテーマに、やみくもにこだわった自分を、あれはあれで仕方なかったのだ、と思っている。〉と語っている。

髙樹が精魂を込めたこのテーマは、選考委員の誰にも伝えることが出来なかったらしい。あらためて「残光」を読んでみると、たしかにわかりにくく、暗い息苦しさを感じさせられる。が、砂子の若いとっぴさと、離婚歴のある〈私〉の年かさぶりの対比がおもしろく、とりあえず表面上のストーリーに引き込まれてゆく。

〈私〉が〈加虐〉したのは、ペテロ父子に対してというより、むしろ一〇歳のヨセフに対してであろう。〈私〉は、砂子の手違いのせいとはいえ、父親を尊敬しているヨセフの前でその父を単なる男に引き摺り下ろしてしまった。このことはペテロに、キリスト教信仰がうわべだけのものであることを息子の前で認めざるを得なくさせたに違いない。酒場で酔った〈私〉は、父子が〈奉仕会〉にキリスト像を置き去りにして消えたことの意味を、共犯者の砂子に問いかける。もともとみるからに生活能力が乏しそうで、聖職者と呼ぶには生々しい異性への関心をみせていたペテロが、それでもわずかな生きる術として身につけていた宗教家の装いを放棄したとき、父と子の暮らしがどこまで堕ちてゆくかは想像に難くない。

〈奉仕会〉は、何やら弱さを抱えた者たちの溜まり場であった。気まぐれとはいえ、砂子に誘われて迷い込んだ〈私〉も、そんな弱い者の一人だったはずだ。キリスト像を遺棄した〈私〉に残されるのは、偽の信仰心でごまかせないリアルな日常である。そこには、何が待っているか。おそらく夫とのあっけない離婚で負った傷をいまだにひきずる自分との対峙であろう。深い愛情を伴うわけでもなく結婚し、夫に女が出来てあっさりと離婚に至った自分の過去を振り返るとき、三〇代の独身生活を堅実に維持しているだけの〈私〉にとって、自分の人生はあまりに彩りに乏しい。〈私〉の〈加虐〉は、夫に対して、もしくは自分自身に向けられるべきであった。が、矛先を誤ったとはいえ、〈加虐〉をすませた〈私〉は、〈痛みのなかでの再生〉に向かうのだろう。

「麦、さんざめく」は、一〇歳の少女誠子が、いつも面倒をみていた心臓の弱い一つ年下のサト子を川に放置して死なせてしまう物語である。自分が殺したも同然のサト子の葬儀で、サト子が自分の悪事を言わずに死んでくれたことや、サト子が〈豪華な旅に立った〉ことを〈サト子がいれば抱き合って喜べるのに〉と思う誠子には、薄気味の悪ささえ漂う。誠子がサト子を見殺しにした背景には、ひ弱なサト子が、最近越してきた幾分目立つ山本という少年から、性の対象として興味を持たれたと知ったことに起因する。誠子は、さんざん世話を焼いたサト子が、自分の手の中から這い出たように思い、嫉妬を感じて川へ突き飛ばしてしまう。

他人への〈加虐〉の影には、かならず自分が受けた〈加虐〉がある。誠子の場合は、家に寄り付かない養子の父、家になじまぬ婿を遠ざける祖父母、祖父母と衝突を繰り返し、また夫の自分への愛情に確信がもてない母ら、大人たちが織り成す家庭の不和から受けた心の傷がこれに当たろう。このような傷を抱えた誠子にとって、周囲から〈妹のよう〉といわれるサト子は、実は〈娘〉だったのではないか。気まぐれにかわいがり、甘やかし、ときに冷たく邪険にし、振り回し、放り出す。誠子のサト子への接し方は、母の誠子へのそれによく似ている。そして、サト子が自分の手から離れて異性に関心を持つことに怒りを感じ、そうさせまいといきり立った誠子は、あたかもサト子の母親のようである。多くの母が娘をそうみるのと同様、誠子もサト子を自分と一体化した存在と捉えていたのではないか。だからこそ、誠子はサト子の死に動じない。先に触れた誠子の不気味さも、そう考えれば頷けよう。誠子は、サト子が自分の〈加虐〉を誰にも伏せたまま逝ってくれたことを確信し、葬式饅頭の箱に微笑むサト子の面影を確認する。

さんざめく麦畑を前に、悲しさや苦しさを表す左目の涙と、嬉しさやおかしさを表す右目の涙を同時に流すラストシーンの誠子の姿は、〈加虐〉によるサト子の死によって、サト子を体内に取り込み、今後の人生をサト子とともに生きてゆく誠子の今後を象徴しているのだろう。

（日本女子大学非常勤講師）

『波光きらめく果て』――〈物語〉を知る作家――高山京子

すでに何度もいわれていることだが、髙樹のぶ子は物語作家である。それはいいかえれば、物語あるいは小説というものをよく知悉した作家であるということだ。彼女は、書き手であると同時に一読者としても、それらの面白さを知っているような気がしてならない。

髙樹の描く作品は、どれも古典的といってもいいほどの枠組みを備えている。例えば『波光きらめく果て』（「文学界」98・10）。主人公の河村羽季子は夫と離婚し、その原因ともなった年下の男との恋愛にも破れ自殺未遂をした過去を持っており、今は母親と伯父が暮らす壱岐の家に身を寄せている。そこで、伯父の末娘で従姉妹に当たる浩子の夫・谷井敦巳と関係を持ってしまう。これだけでは単なる姦通小説になってしまうのだが、肝心なのは作者が舞台を壱岐という〈島〉に設定したことであろう。

〈体がだらしない〉という言葉とともに夫に離婚を突きつけられた羽季子は、罪悪感を持ちつつも男に魅かれる本能や感情を抑えることができない。いってみれば、羽季子は制度や秩序からはみ出している人間として造型されているのだが、そのような人間が、狭い〈島〉という一種の閉ざされた空間に投げ込まれたらどうなるか。伯父や浩子、敦巳などの〈島〉の人間はそれまで皆平凡な人生を歩んできたが、羽季子が来たことでその秩序立った生活は崩れていく。作者は敦巳に、結婚したばかりの羽季子と夫とを見た時の印象を、〈こんな女もいるんだなあと思って感心したんだ。それだけじゃなくて、いとこ同士といってもずいぶん違うなあって、半ば彼が羨ましくて、あとの半分は正直なところ、こんな女を女房にしたらやっかいだろうなと思っていた〉といわしめているが、それはそのまま彼女が、異分子ともいうべき性格を備えていたことをうかがわせる。『波光きらめく果て』は、姦通小説であると同時に、異邦人の小説でもあるという、いわば王道を行く作品として読むことが出来る。

高樹文学の魅力を一言でいうならば、私は、〈不易〉と〈流行〉という、一見相反するものが共存している点にある、と思う。現代の日本では、いわゆるタブーというものはほとんど存在せず、そのような中で小説を構築するのはきわめて困難な作業なのだが、高樹は物語の定型を踏襲しながら、この時代ならではの障害や仕掛けを施している。読者は、物語の定型にはまり込んで読み進めるある種の心地よさと、同時代性の魅力を同時に味わうことができるようになっている。

『時を青く染めて』（書き下ろし、新潮社、90・4）は、宮内勇・滝子の夫婦と島尾高秋の三角関係の物語だが、この三人は学生時代、司法試験に敗れた勇は滝子を得、高秋は試験に合格するも滝子を失うという因縁を持っている。二十年ぶりの再会で、滝子と高秋はお互い激しく求め合うのだが、危うい均衡の中でも、決して一線は越えない。彼らの関係は、クライマックスで勇が死んでも変わることはないのである。

この三角関係で面白いのは、三人がそれぞれ一対一の関係において、愛憎などという言葉では表現できないほどの強力な結びつきを持っていることだ。時には、男同士の関係に滝子は絶対的に入り込むことができない。彼らは、夫婦あるいは男女の仲以上にお互いを知りつくし、それゆえに常に相手より優位に立とうとする。高樹はここで、この三人に共通する意志の力、あるいは自尊心という新たなタブーを作り出したのだ。これによって、現代のロマネスクが成立しているといえる。三角関係のリアリティが稀薄なこの時代において、きわめて観念的なものを軸に置いたことが、逆に真実味を帯びているようにさえ思える。

ところで、私が、髙樹のぶ子に谷崎潤一郎との類縁性を感じるといったならば、多くの反論を受けるかもしれない。しかしそれは、性や人間の関係を執拗なまでに描いているという表面的なことからのみ来るものではない。谷崎は『饒舌録』（「改造」27・2〜12）という自身の小説論を展開したエッセイの中で、〈筋の面白さは、云ひ換へれば物の組み立て方、構造の面白さ、建築的の美しさである。此れに芸術的価値がないとは云へない。（中略）凡そ文学に於いて構造的美観を最も多量に持ち得るものは小説であると私は信じる。筋の面白さを除外するのは、小説と云ふ形式が持つ特権を捨てゝしまふのである〉といっている。この〈物の組み立て方、構造の面白さ、建築的の美しさ〉は、そのまま髙樹文学の特質に当てはまるとはいえないだろうか。

谷崎も、例えば『武州公秘話』（31・10〜32・11まで断続的に連載）を当時の代表的な大衆雑誌「新青年」に発表するなど、〈読み物〉を含む物語の魅力、そして読者の存在をよく知っていた作家であった。また、探偵小説、現在の推理小説に当たるものを多く書いた。髙樹にも、れっきとした文芸作品でありながらしばしばサスペンス的な要素が盛り込まれているものがある。推理小説において絶対的に必要な条件は論理性であり、それは作者の構成力と深く関わってくる。

次に、髙樹はきわめて官能的な世界を描きながら、同時にモラリッシュな作家である、ということがあげられる。芥川賞を受賞した『光抱く友よ』（「新潮」83・12）の選評において、丹羽文雄はこの作品をモラリスティックな小説としながら、次のような賛辞を寄せた。〈モラリスティックといへば、今日の作家のほとんどが忘れてゐるものである。忘れてゐるといふよりは、ことさらそれにそつぽを向けることを、作家の心構へとでも思つてゐるやうである。が、高樹さんは、それを小説を書くときの支柱としてゐる。珍しい作家である。かういふ作家を珍しいと思はねばならないほど、私たちは大切な根本的なこと忘却してゐるやうである〉。

高樹自身も語っていることであるが、彼女を文学の道へと向かわせた決定的な事件は、妻子ある男性と恋に落ち、夫と三歳の息子を捨てざるをえなかったことだった。二つの家庭を破壊したという罪業の念は、書き手としての意識以上に、ある意味では彼女の文学の性質を決定付けているのかもしれない。そのような意味では、はじめにそれを見抜いた丹羽の言葉は卓見であった。そして、実は谷崎も、はじめは〈悪魔主義〉などと呼ばれ、その生涯において常に大胆な〈性〉を描きながら、その本質は律儀な常識人であった。それを端的に示しているのが『夢の浮橋』（「中央公論」59・10）で、ここでは母子相姦というタブーを扱いながら、実際にその関係を結ぶのは主人公と継母で、生母とのつながりはあくまでも情緒的なものにとどめているのである。

高樹が『透光の樹』において北陸の鶴来という土地の風土性や刀鍛冶の伝統を描いたり、『百年の預言』（「朝日新聞」98・7・27～99・9・5）ではルーマニアのチャウシェスク政権にまつわる政治闘争の他に、「ミオリッツア」という古謡詩を基調に据え、語り手としての作者を生の形で登場させたのも、谷崎のいわゆる古典主義時代と重なってくる。これはすべての物語作家にも当てはまることであるが、古伝承などを取り込むことで時間や空間の重層性が獲得され、その世界はより豊穣なものになる。彼女のこれまでの歩みは、物語というものをよく知っている作家として、必然の成り行きだと思われる。

高樹のぶ子の作品世界が、今後どのように広がり、深くなっていくのか、興味は尽きない。

（創価大学大学院生）

『街角の法廷』——ほんとうに裁かれるべきものは?——

岡野幸江

髙樹のぶ子は、今日では古風とさえ思われるほどの恋愛小説を真正面から描く作家だといえる。近年の『透光の樹』『百年の預言』などでは、大胆な性描写が話題にもなったが、彼女の作品世界には、〈性愛〉という大きな物語が脈々と生きている。〈性〉は〈人間の綻びから、内面が、内臓が、吹出してくるような凄みのある〉ものだが、現代はその〈「性度」が小さくなってきている〉(大河内昭爾との対談「文学の方法」、「季刊文科」99年夏号)と語る髙樹のぶ子は、現代にこの〈性の力〉をよみがえらせようとしているのかもしれない。

もちろん初期の作品においては、芥川賞受賞作「光抱く友よ」(「新潮」83・12)が母娘の葛藤を中心としていたように、この「街角の法廷」(「新潮」85・4)においても〈性愛〉が前景化されているわけではない。しかし、二組の対照的な男女の関係は、この後の彼女の作品の行方を予感させるものになっている。

安部輝一はまだ弁護士になったばかりの若手で、事務所に所属し初めての国選弁護を引き受ける。被告の女性は大原カナ子といい、〈警察官に売春の勧誘〉をし、売春防止法五条違反の現行犯として逮捕されたのだった。被告に会いに行った輝一は、売春婦として想像していた女性とはまったく違うカナ子に当惑するが、カナ子はなぜ売春をしたかについては語らなかった。ある日、カナ子の兄邦男だと名乗る男が事務所を訪れて、カナ子が他に何か言っていなかったかと尋ね、何のために来たのか要領を得ないまま帰っていくが、そのとき輝一は邦男が通り向こうの小鳥屋で鳥籠に入った鳥を買っていくのを窓越しに目にする。一方で、輝一は高校時代からの友人で医者の堀井から、小型ヨットのオーナーの一人になるように勧められ、同じく弁護士をしている婚約者の知子から半分を出してもらい三十八万円を払って所有者の一人となるが、保釈金五十万円を支払うことができないカナ子と邦男のことが頭をよぎるのだった。

ところで、なぜカナ子は売春をしたのか？　一見ミステリー小説のような謎を含みながらストーリーは展開していく。カナ子が売春したのは一回で、二回目に捕まったのだった。しかし、二度目の接見でカナ子が初回のときに客の背広から十五万円を盗んでいたという新事実が明らかになる。カナ子がなぜ金を必要としたのか語らないため、その理由を邦男に問いただすと、邦男は植木職人として出入していた家の主婦根岸恭子とトラブルを起こし、造園会社の社長の指示で百万円を借金して、それを示談金として渡した事実を告白する。

カナ子は「光抱く友よ」の松尾勝美に近い存在だといえるかも知れない。学校を休む理由を稚拙な字で書いた母親からの手紙を担任の教師から〈小細工〉と疑われ、罵倒され殴られながらも、満足に字もかけないアル中の母をかばった勝美。同棲相手でありながら兄妹のようにして暮す邦男の窮状を救うために売春を決意しながらも、売春はそれとは関係ないと言い張るカナ子。しかし、カナ子は勝美ほど勝気な女性ではない。むしろ「波光きらめく果て」（「文学界」84・10）の河村羽季子のような頼りなさがある。ただし、不器用な生き方しかできないというのはそれぞれ共通している。不器用といえば邦男も同様である。邦男は恭子から誘惑され、恭子の体に触れようとしたとき〈なにさまだと思ってるの〉と侮辱され拒絶されたためカッとなり、未遂ではあったが強姦致傷に相当する事件を起してしまう。しかし、この件で罪を犯したのはむしろ誘惑して邦男を傷つけた恭子の方であると言っても過言ではない。このカナ子と邦男の不器用でどこかぎこちない奇妙な関係に、輝一は職業上の鉄則を忘れ徐々にのめりこんでいく。それは、同じ弁護士である婚約者の石田知子との関係にないものが彼らのなかにはあり、それに引き寄せられていったからだといえよう。

石田知子はカナ子とは対照対的な存在である。知子は、輝一が先輩の弁護士の人柄に強く影響されているのに比べると、〈勤め人のような気楽さでしごとをこなして〉いる。カナ子のことについても、売春の値段を聞き、〈たった一万〉〈馬鹿だわねえ、計算の合わないこと〉と言い捨てる。そうした〈割り切りのいいたちで、常に気持ちの中を整理し〉、〈頭の切り換えも早い〉というところが、輝一が知子について認めている〈一番の長所〉ではあった。しかし知子はスーパー大黒屋の顧問弁護士で、その経営者の妻が邦男から被害を受けた根岸恭子であり、〈依頼者の生活に入り込む必要はない〉と輝一のやり方に反対する。まさに〈石田知子〉の名にふさわしい理知によって固く鎧った女性なのだ。輝一にとってカナ子と邦男は〈自分のやった行動さえうまく説明できない、原因を探る力もない男と女〉であっても〈愚鈍だと言い捨てるにはどこか引っかかる生き方をしている〉のだが、それを理解できない知子に対し、輝一はこの女と〈一生暮していけるだろうか〉と疑問を感じていく。

知子は、謝罪したいという恭子を連れて邦男のアパートを訪ねたとき、邦男が心底では自分たちを見下した恭子の態度に怒りをぶつけ、カナ子も何度も金を盗んだことがあると毒づいたことで、彼らを〈どうやっても救われない人達〉と切り捨てる。そのとき輝一は自分も哀れみの対象になっていることを感じるのである。もちろん知子も、邦男やカナ子に深入りしていく輝一の〈鈍な魂〉を愛し、その資質を認めてはいる。しかしそれはあくまでも弁護士の〈武器〉としてなのである。輝一と知子との関係はしだいにすれ違い、結局、破綻してしまう。

それとは反対に、初めは兄妹のように暮らして互いが求め合っているものに気付かず、その求め合うものが、一方では〈売春〉、一方では〈強姦未遂〉という犯罪行為として表出せざるをえないようなギクシャクとすれ違った二人だったが、カナ子が執行猶予で保釈された後、二人は新しい仕事も見つけ、肩を寄せ合いながら暮らすようになる。邦男が輝一の事務所を尋ねた帰り、鳥屋で買った嘴がうまく合わさっていない萌黄色のインコは、いわばこのカナ子と邦男の関係を象徴している。邦男は店員が困っているという根性曲がりの、いわば売り物にならないインコをわざわざ買ったのだ。インコは自分で止まり木にこすりつけながら嘴の先を少しずつ削っている。物語の最後では、知子と別れた輝一が、居所のわからなくなっていた二人を見つけ出して訪ねていったとき、籠の扉をあけてもなかなか出てこなかったインコは、やがて籠の外へ飛び出す。それは、不器用な二人でもこれから何とか人生を羽ばたいていけることを暗示している場面である。

人は誰も心に傷や闇を抱えながら生きている。理知では割り切れない心の陰影にピッタリと寄り添える関係、それは互いが弁護士というエリートカップルの輝一と知子ではなく、むしろ理知にも金にも縁のない愚鈍で不器用にしか生きられないこの貧しいカップルの方なのである。この二人の関係は、やがて『透光の樹』（「文学界」97・6〜10）の今井剛と山崎千桐という互いが自身の不可欠の半身でもあるような、肉体的にもピッタリと重なり合う男女の関係へと発展していくことを予感させる結末である。

犯罪は法によって法廷で裁かれる。しかし、法によっては決して裁かれることのない人間の内部の暗闇が、まさに街角に立った一人の〈売春婦〉によって照らし出され、裁かれていくという逆転の物語がこの『街角の法廷』なのだといっていい。裁かれたのは、ためらうことを知らない知子の理知であり、人間に対する根本のやさしさに欠ける恭子の傲慢である。そして誰より、一人の売春婦を法律上では救いながらも、理知で固まった婚約者の心を溶かすことができず、二人の関係を修復できなかった輝一自身だったのではないだろうか。（法政大学講師）

『陽ざかりの迷路』——物語の自意識——

二瓶浩明

母と娘、近親相姦、三角関係、母の謎という幾つかのキーワードを用いて語り得る髙樹のぶ子の作品「陽ざかりの迷路」において、「井戸」と「教会（神、罪）」という記号の示す意味、その前者については、新潮文庫（『陽ざかりの迷路』90・5）の巻末解説で島弘之が触れている。島はそこで「井戸」を地下水脈の世界的な連続性を暗示すると述べ、フロイト的な「イド」と結びつけて論じているが、村上春樹の『ノルウェイの森』『ねじまき鳥クロニクル』等における「井戸」と比較してみても興味深いものだ。誓子が義父の裕平に抱きすくめられたのが「井戸」の傍だとすれば、母やよいの故郷の古家で、記憶を取り戻すのも「井戸」の傍なのだ。

〈誓子が見ているのは、六年前の夏に覗きこんだ、草ぼうぼうの廃屋の井戸だった。あのとき裕平とふたり屈みこんで深さを確かめた井戸の水が、この長屋の下まで迷路のような水脈をたどって繋がっている、と思った〉

と記される「迷路」の示す意味もおのずと明らかであろう。

義父との密通という罪が、母の不倫と重ね合わされて、人を好きになってしまう女のどうしようもないエロスの危うさが、人間存在という地下深く隠れた水脈、母との「血」の繋がりの中で湧出し、自らの身体に潜み、流れるものとしてあらためて見いだされていた。一点の非の打ち所もないような聖母と見えていた継母やよいが、実の母であり、自分と同じく性に狂い、それに翻弄される女であったことの安堵と悲惨と共感とが語られている。母と娘という血の繋がりは、こうして作者の他の作品「光抱く友よ」「虹の交響」と同様に、反撥し共軛的な関係を結ぶ聖なる「女性」性、セクシャリティと結びつけられて肯定されている。

こうした母娘の間の確執については優れた二つの論文、与那覇恵子「髙樹のぶ子論――物語の作家」(『女性作家の新流』国文学解釈と鑑賞別冊、至文堂 91・5)と菅聡子「〈わたし〉のなかの〈母/娘〉」(『女性作家《現在》』国文学解釈と鑑賞別冊、至文堂 04・3)を参照してほしい。これに対して男の側、裕平はどうだったろう。

大学で西洋史を教えている裕平は、二人の女に操られる、まるで木偶のような存在だ。ナチの虐行にうなされて、人類の「罪」を負ったつもりで、血の繋がりはないものの、近親相姦を仕出かすその「罪」の、なんと浅薄なことであろうか。彼に関しては、第1部と第2部とに截然と分割されているやよいの「謎」探しの章である第2部において、すべての事情が明かされて、あらためて男と女として結ばれた後のこと。裕平はひとり海岸へ散歩に出たが、そこで犬に噛まれるという珍事があった。

〈たったいまのあの感覚のためには、どんな罪だって犯せるのよ、母さんも私も〉という、ほとばしるような誓子の言葉に応えることができず、彼はひとり部屋を出てゆくが、可愛がろうとして不意に手を噛んだ犬を海の中に投げ込んで、飼い主の男たちに怒鳴りつけられている。〈犬の頭を撫でようとしたんだ。嘘のない、いい目をしていたものだから〉〈信用した私が悪かったんだろう〉と裕平はつぶやき、誓子の前で立ち尽くしていた。

この挿話は何を語るものなのだろう。およそ本筋には結びつきそうもない、なくても良いどころか、ない方が良いはずのこの話を、作者髙樹のぶ子の、ここまで延々とつないできた母娘物語に対する自己批評、悪意、自意識と見なすことは間違っているだろうか。

女性のセクシャリティに根ざす恍惚たる性と罪の戦きとは対照的に、そこに巻き込まれて加担した男の罪なぞは、まるで犬に噛まれたようなものに過ぎまい。女の物語を紡いで、大団円の結末を迎えた矢先のこの陳腐な出来事は、作者が構想するロマネスクを作者自身が批評している、物語の自意識と見るべきであろう。

　妻のやよいを疑うことを知らない夫の間抜けさぶりは、娘誓子が抱く母やよいの聖母ぶりに対する反撥と不審とに過不足なく対応しているが、その人物像の平板さは、二人の女主人公が愛するに足る魅力をまるで伝えてはくれないものだ。やよいの恋した相手、立原明夫も、裕平同様、凡庸な何の取り柄もない男であった。〈きっかけは何だかわからない。三十代も終りを迎えた明夫は、二十に達したかどうかというやよいと知り合い、関係ができた〉と書かれ、その女に対する惑溺ぶりも、去られた後の混乱ぶりも、娘貴代子の言葉を通じて数ページの分量しか費やされないほどに印象の希薄な存在だ。

　彼らは所詮は女物語のダシ以上のものではないし、取り替え可能な人形に過ぎない。女たちが奏でる物語の旋律、〈ジプシー音楽特有の、マイナー・コードでありながら心を掻きむしるような情熱を感じさせるメロディライン〉を持つ「ハンガリア舞曲」五番に耳を奪われることもなく、犬に噛まれた程度の狼狽ぶりこそが、男側の事件であったと言って良いだろう

　一方、やよいの通う「教会」は、神父の松岡さんを中心にして、信者やボランティアたちの集まる、俗で気楽な空間だ。「およそ神父らしくない、どこか一個所風穴があいているような豪放な性質」の持ち主たる松岡さんは、やよいが実の娘である明子を誓子と名を変えて、養子として貰い直すために教会が手伝いをした事情をまるで知らないようだ。「生や死を越えた不思議な明るさに満ちた世界」と感じる「教会」の中で、誓子にとってどうしても嫌なものがひとつあった。人類の「罪」を背負って、血を流して磔になっているキリストの像だ。

　その磔刑像は、母の謎、「秘密を抱えた母さんのユーレイ」の悲哀が明かされた後は、母の顔と重なり、「捉ま

えどころのない、それでいて底深い悲傷を漂わした手応えのある人体」のように感じられている。「神」とは生ける人々の「罪」を照射し、一身に「罰」を担わされ、遠い視線から人を裁く超越的なものかもしれぬ。誓子はまぶしい「陽ざかり」の光の中で、底の見えない影、「井戸」を見つめて、深く流れている水脈、血の流れを感じ、暗い「迷路」の中をさまよっている。その性愛の陶酔感と脅えこそが、「女」の証しであるかのようだ。

あらかじめ「女」は「罪」を背負わされている。その「罪」のゆえに悲しみ、幸福を約束されている。こうした本質主義的な女性原理を発想する物語作家がフェミニズムに冷淡であり、それゆえに性愛を自らの本性として聖化しつつ、女性を神話化する反動的な役割を演じているかに見えて、逆にそのセクシャリティを鋭角的に映し出すという、この作家の文学的姿勢と位置も明白に見えている。

本筋とは無縁と見えるさまざまな挿話に注目したい。集中治療室に入っている母の看護に来て、誓子は父を亡くした十二、三歳くらいの松葉杖の少女に出会うが、彼女も「暗く抗いがたい情熱の流れ」を持つ存在であり、年下の恋人と駆け落ちをしようとしている友人の良子も、「女」としての苦悩と悦びに満ちている存在として描かれていた。もっとも、それに対応する男のど間抜けぶりも指摘した通りであるが、こうした物語作法の破片や自意識が示すことは、この作家が大時代的な近親相姦や三角関係、謎という「物語」の快楽を利用しつつ、それを神話化すまいという堅い意志であろう。作家は近親相姦を孕んだ逆継母譚を構想し、第1部の謎を明かすべく第2部では冥界下降譚をしつらえ、ミステリー仕立ての恋愛小説、母と娘の絆をめぐる物語を紡ぎだそうとしつつ、随所に「物語」が約束する美的陶酔、感情的な詠嘆を寸断しようとする。

髙樹のぶ子にとって「物語」とは、メリハリを欠いた散漫な生を隈取り、他者の生とは明確に異なる「固有」の生と、女としての「普遍」性とを交差させるための織り糸であるに違いないのだ。

（愛知県立芸術大学教授）

『虹の交響』——母恋譚と漂泊者——

上宇都ゆりほ

一、母恋譚の系譜

母恋譚は古来より日本人の心性に訴える話型であろう。例えば森鷗外の『山椒大夫』の題材となった「安寿と厨子王」は中世末期から近世初期にかけて流行した説経節を原話としているし、エドモンド・デ・アミーチスの『クオーレ』の中の一挿話である「母をたずねて三千里」はアニメ化されて多くの人々に涙させた。

母恋譚には、話型としてある一定のパターンが存在する。母を捜す過程において主人公はしばしば困難に直面し、味方を得、敵を討伐し、成長してゆく。母恋譚が類型化されていても日本人の琴線に触れ続けるのは、母性への絶対視のもとに、一人の人間の成長の記録が勧善懲悪の体を成すからである。『虹の交響』はこうした話型の系譜に連なる作品であると言えよう。主人公である潤子は、母の死因を探る作業を通して様々な仲間と出会い、社会の差別の構造を直視し、自立して生きて行くことの意味を知る。

潤子の旅が勧善懲悪の構造となっていることは、潤子の母が潤子を『古事記』や『日本書紀』の太陽神「アマテラス」として語り、自らを不具の子として流された「蛭子《ひるこ》」に喩えていることからも看取される。ではここで示される「悪」とは何か。それはアメリカ北部の漁師町グロースターの硬直した社会構造という問題である。あからさまな人種差別や汚職の隠蔽はこの町の閉鎖性によるものである。潤子の母が不具にされたのは閉鎖的なムラ社会によるものであった。東京から来た潤子の他、従妹江美はニューヨークに住む写真家であり、江美の友人の兼一郎は戦場記者として世界を飛び回る身である。母捜しに関わった日本人は皆ムラ社会から遊離して生きている。しかし、そうした孤高の生き方は、〈寒々と震えてて心細げ〉な繊細さの上に成り立つものである。〈二本の脚で気高く立つ〉カモメの姿は潤子であり、江美であり、兼一郎であり、潤子の母利江子の投影であろうが、雨に打たれ続けると、江美のように本来発熱する脆さを孕んでいる。ムラ社会はヨソ者にとっては厳しいものであるが、生涯をその内部で過ごす人間にとっては温かい、永遠なる母胎であるとも表現できよう。旅を終え、息子を一人で育てて行く決心を固めた潤子の姿は、母恋譚として完全な要素を備えていると言えるだろう。

二、ナショナリズムと境界

母捜しの旅。アマテラス。スサノオ。出雲神話。そして母を殺したアメリカという異国。この作品には日本人の内なるナショナリズムをくすぐる要素が詰め込まれている。しかし、完璧な母恋譚の系譜が鮮明に映し出されているにも拘わらず、読者は何か違和感を感じずにはいられず、「安寿と厨子王」に涙するようには素直に自己投影できないのである。それは舞台となるグロースターという土地への馴染みが薄いためであろうか。それとも潤子たちの生活する東京やニューヨークなどへのイメージ、職業が非日常的でありすぎるためか。

アメリカとニューヨーク。日本と出雲。ドライなアメリカと湿潤な日本。このような対照で物語が展開されていれば、おおよその日本人のイメージと合致して読者は安定感を得られるのであろう。しかしこの作品ではそういったイメージが全て覆されるのである。出雲神話の世界を最も濃厚に体現して生きていたのは潤子の義理の弟となるアメリカ人レックスであり、母利江子を殺したムラ社会の構造はアメリカの都市グロースターに存在している。また、豪傑で〈少し図々しい〉兼一郎と〈寂しそうで、とても繊細〉なレックスは、日本人とアメリカ人の典型的な描かれ方を見事に裏切るものであろう。日本人のナショナリズムをくすぐる要素を織り込みながら、描かれているのは日本人の心性ではなく、むしろアメリカ人にそのような要素を抱え込ませている。ここに大きなねじれが生じ、読者は心中に芽生えたナショナリズムを消化不良にさせてしまうのである。

レックスは潤子に出会い、利江子の死の真相を知らなければおそらく生涯利江子からの呪縛から逃れられなかったであろう。それはレックスがアメリカを捨て、古物商となって日本を訪れ、出雲に寄せられたことからも明らかである。潤子や江美や兼一郎が東京やニューヨークで最新の文化を追い求める姿は一見華やかであるが、走り続けなければ倒れてしまいそうな危うさを孕むものである。最先端の情報と自分の背負う文化は決して背反するものではないが、彼女らは自分のルーツを故意に斬り捨てて生きている。それは実は彼女らが個人的に背負う故郷喪失感の痛みによるものであり、この構図はまさにレックスの漂泊の姿と一致するものである。レックスと潤子らは一見相反する生き方をしているように見えるが、実は潤子らの鏡像に過ぎない。

そのように考えれば、レックスの痛みは潤子らの痛みを投射したものと捉えることができるであろう。潤子は父母を失って祖父母に育てられたが、出雲から上京した際果たしてどれ程故郷喪失に自覚的だったかは疑問である。レックスも幼時に実母を失い、グロースターに溶け込むことができずに結局故郷を捨てたが、利江子が異国の神話を語った思い出の深さ、利江子の死因に父が関与していると疑い続けたことによって利江子を喪失した痛みはその後の人生の呪縛となり、異国である日本に身をおくことによって漂泊者意識は具現化されたのである。

潤子が初めてグロースターを訪れたとき、日本人差別の実態を知って少なからぬショックを受けたであろう。

その時に感じた痛みによって、潤子は初めて母の苦しみを共有できたのではなかろうか。父母喪失の経験も、祖父母や出雲の共同体の温かさが母胎の代替をしてくれたであろう。上京したときも出雲の親戚によって支えられ、或いは母への反発が逆説的に潤子を漂泊者にさせなかったはずである。離婚したときにすぐに住居と生活を保障してくれたのも従妹の妙子であり、潤子は実は永遠に出雲の共同体という母胎に保護されており、逆に言えばいつまでも母の呪縛から解放されなかったに相違ない。そして母胎の温もりの心地よさゆえに、潤子はそのような事実に気付かずに生活していたであろう。

潤子から見れば、江美や兼一郎は理解しがたい存在であり、孤独に対する強さは畏怖をも感じさせる対象であったはずである。しかし、江美は潤子の抱える漂泊者の心性をいち早く見抜いていた。潤子の母恋の旅が単なる感傷によるものでも、自分のルーツ捜しに留まるものでもなく、漂泊者の心性によって潤子が母に引き寄せられることを知っていたからこそ、雨に打たれて岩間に立つカモメに潤子を投影したのである。出雲でレックスに会い、神話を語り合ううちに、潤子はグロースターと出雲の類似性を嫌でも知ることになる。そのとき初めて潤子は共同体の母胎の温もりを客体化し、「蛭子」の真の意味を知るのである。

人間は永遠に共同体という母胎の中で甘やかに生きることも可能であろう。だが、そこには必ず捨てられ、流された「蛭子」という代償が存在し、そのことに気付いてしまったとき、今度は共同体を守る機能として気付いた人間こそが「蛭子」として流されるのである。甘やかな母胎幻想の中で生きるか、漂泊者「蛭子」として生きるか、どちらも〈人間の愚行〉（『虹の交響』著者あとがき）の織り成すあがきであるが、「蛭子」の真の意味を知った者はすべからく不具を神の与えた運命として、沼のように深く静かに全てを受け容れる強さを持つであろう。

（聖学院大学非常勤講師）

『ゆめぐに影法師』――ユーレイの〈浮遊感〉――杉浦　晋

高樹のぶ子の著作をまとめて読もうと思い、とある平日の午後、自宅からほど近い公立図書館にでかけた。そこは、コミュニティ・センターやらギャラリーやら託児施設やらが併設された小綺麗な建物で、専門書の所蔵には乏しいものの、最近のベストセラーや新書、文庫のたぐいを大量に配架しており、さながら近頃の新古書販売のチェーン店のおもむきがあった。採光よく広々としたそのスペースを逍遥するのは、ほとんどが近くの公園かスーパーの帰りに立ち寄ったかのような人々。ただし、競馬場かハロー・ワーク帰りのようなくすんだ人影も、そこここに立ち混じってはいたけれども。とまれ、大学の図書館書庫の薄暗さになじんだ身には、そこは正直どうにも居心地が悪く、借り出し冊数の上限、十冊分の高樹の文庫本を借りてそそくさと帰宅した。

それらを何日かかけて読み終え、それぞれにたいそう感銘を受けたわけだが、ここではその十冊のうち半数の五冊に、何らかのしおりが挟まっていたという事実を報告しておきたい。その内訳は以下の通り。

①講談社文庫のしおり
②さいたま市・北与野駅前の大型書店「書楽」（ちなみにその地下は高級スーパー「クィーンズ伊勢丹」）のしおり
③児童書（『かいけつゾロリのにんじゃ大さくせん』）のおまけのしおり
④ファミレス「すかいらーく」の紙ナプキン

⑤某ガン専門病院の乳腺外科の予約診療受付票

このうち⑤が、文庫本カバー裏表紙の惹句によれば、〈死が見えてくると、愛することは哀しい。(中略)老いや死を意識しはじめた男女の葛藤と性愛。透明な感性で性の根源を精緻に描く、渾身の長編小説〉である大作『億夜』に挟み込まれていたことには、そのあまりのはまりようゆえに、思わず背筋を正してしまったし、③が、同じく〈許されぬ恋にはしる一人の女の、性のものぐるおしさと切実な生き方を、玄界灘の波よせる壱岐の四季の中に描く問題の恋愛小説〉である秀作『波光きらめく果て』の頁の間からみつかったときには、思わず口元が少しほころんでしまった。

いわずもがなのことであるが、髙樹のぶ子の文学が①から⑤のしおりに象徴されるような読者層によって広く支持され、おそらくは髙樹自身もそのことを充分に意識しているであろう、更にいえば、自身とそうした読者層との連帯を自覚しているであろうということは、その多くの作品を考えるうえで、必ずふまえられるべきである。さもなくば、いわばいたずらにその高さや重さばかりが焦点化され、平日の午後の公立図書館で求められる親しみやすさや軽さのようなものが、そこで見失われるおそれがあるからだ。

いささか前置きが長くなったが、右のことをふまえつつ、『ゆめぐに影法師』(注1)について少し考えてみたい。

本作は、全五話の連作として「小説すばる」(87冬季号〜88冬季号)に連載され、一九八九年六月に集英社から刊行された。その内容紹介にあたっては、やはり便利な文庫版(集英社文庫、93・10)カバー裏表紙の記述に頼ることにしよう。

ガンで死んだ作家のキョーコ、交通事故死した通訳のヨーコ。二人の美人ユーレイが、生前果たせなかったアメリカへの旅へ。ヴァージニア、ニューヨーク、アルバカーキ、ニューイングランド、デンバーなど。それぞれの街の光、風、匂いを感じながら、若い二人が引き起こす愉快な出来事とは……。著者の新境地を拓くファンタスティックな物語。

これが作者の実体験を下敷きにしていることは、「単行本あとがき」からわかる。すなわち作者は、一九八七年の六月から八月にかけてアメリカ政府の招きにより、通訳者のマーサ近藤とともに全米二十数都市を自動車で旅してまわり、それぞれの地の文学者らと交流するという経験をした。この旅行のことを書いたエッセイは、たとえば『熱い手紙』（文芸春秋　88・10、文春文庫　95・4）にいくつか収められており、それらには物語の具体的素材となった事件がとりあげられてもいる。

ところで、戦後の女性作家によるアメリカ体験を素材とした作品に触れて、〈新しい時代の彼女たちは、女性が自由であるらしい本場アメリカに、自己実現の夢を託して行動を起こしたのにちがいない〉と述べたのは、江種満子である。(注2) これは、江種もそう総括しているように、有吉佐和子、大庭みな子、米谷ふみ子ら、敗戦時に女学生で、一九六〇年前後の時期に二十代後半で渡米した作家達については、かなり妥当な指摘であろう。

しかし、そうした困難な〈自己実現の夢〉の抱懐ゆえに、彼女達の作品がついに高さや重さ（や若さ?）を免れなかったのに対し、バブル経済末期の日本から、四十一歳という成熟した年令で渡米した髙樹の『ゆめぐに影法師』には、〈ファンタスティックな物語〉ゆえの親しみやすさや軽さがあふれている。何しろ主人公はユーレイなのだから、〈実現〉すべき〈自己〉など既に消滅した地点から、物語は始められているのだ。

「単行本あとがき」には、次のようにある。

見知らぬ土地のモーテルで、夜ベッドに寝転がっていると、様々な物語が浮かんでは 消えていきます。私は通りすがりの旅人、根のない旅人。日々新たなことは目の前に出現するけれど、なぜか日本にいるときのように自分の体重を自覚できないのです。まるで足の生えたユーレイみたいだ、と感じたとき、ユーレイの自在な嗅覚で、土地土地のにおいを吸いとることができれば、と考えつきました。

日本における抑圧（重さ！）からアメリカにおける解放（ただし、それは単なる救済としては決して描かれないのだが）へという、江種がとりあげた戦後女性作家がアメリカ体験を作品化する様式を、ここでやはり作者も継承しているのだと思われる。それは、解放が多くセクシャルな物語や表象を通じてあらわされる点についても、同様である。しかし決定的に異なるのは、前者における解放が、やはり〈自己実現の夢〉、すなわちジェンダー・システムに簒奪された〈自己〉の自己による再認の物語として語られるのに対し、後者における解放は、端的に〈自己〉の忘却として、すなわち〈自分の体重〉の〈自覚〉よりも、〈旅人〉として〈土地土地のにおい〉に同一化することを望む心としてあらわされていることである。

そこに醸し出されるのは、いかにも現代アメリカ的な陰惨な事件（第二話「恐竜たちの夜」におけるゲイ・カップルの痴情殺人、第三話「アルバカーキの犬」における脱獄犯の政治的謀殺など）をとりあげつつ、それらを二人の美人ユーレイの軽妙な会話とユーレイゆえの傍観者性を通じて対象化することによって得られた、親しみやすさや軽さの印象である。彼女達は、たとえば本作の雑誌連載開始の年に公開された映画『ベルリン・天使の歌』の天使達のように、人類の悲劇の跡を見下ろして眉間にしわを寄せたりはしない。そもそも美人にしわは禁物なのだ。しかも彼女達は、見下ろせるような高みに立つのではなく、せいぜい地上から数センチほど浮いているにすぎない〈彼女達の特殊能力は、過敏な嗅覚とかすかな第六感といった程度である〉。

それにしても、困難な〈自己実現の夢〉を遠ざけ、このようなユーレイの軽さに身をゆだねることは、はたして否定されるべき現実逃避なのであろうか。

この問いに対する作者のスタンスを推し量るうえで、『フラッシュバック　私の真昼』〈文芸春秋　91・6、文春文庫　03・7〉に収められた二篇のエッセイは重要である。まず「母が買った位牌堂」は、本作の刊行に触れつつ、自らの位牌を収める位牌堂を高額で購入して〈急に何かがふっきれて自由になったように見える〉母と、日本を離れてアメリカで〈浮遊感〉を楽しんだ自分とを重ねあわせ、次のように述べている。

私たちは大小さまざまな目的やゴールラインをめざして歩いたり走ったり、はたまた寄り道などしているわけだが、あそこまで行けば本物がある、あそこにたどりつけば私の実存、私の実人生が待っている、だが、いまはかりそめの身、ユーレイであり夢遊者なのだ、と思って生きること。永遠にそれを続ける生き方も悪くないいんじゃないの、と身内の誰かが囁いた。

これは現実逃避ではなく、まさに〈いま〉の現実をよく生きるために、〈あそこ〉の〈自己実現の夢〉の〈永遠〉の手前で切実に求められた、〈浮遊感〉の表明である。

次に「胸のタマゴ」は、本作連載中の一九八八年九月に、自身が乳ガンの疑いを受けたてんまつを語っている。結局、良性の腫瘍だったことが判明するのだが、そこに至る苦悩のさなか、髙樹は〈最後に一作、この世のものとも思えない人間の美と善意に満ちた物語を書きたい〉と考えるのである。もちろん本作がそれだというつもりはない（キョーコは乳ガンではなく〈甲状腺未分化ガン〉でユーレイとなった。ちなみに高樹の配偶者が、このの ち九二年の夏に甲状腺摘出手術を受けている）。ただ、ここで〈この世のものとも思えない人間の愛と善意〉が、現実的苦悩のきわみにおいて希求されている点には注意しておきたい。これを軽々しく現実逃避ということは、何人にもできないであろう。

高樹のぶ子の多くの読者は、もちろんこうした事情までは知らず、ただ作品に醸し出された〈浮遊感〉に敏感に惹かれているのにちがいない。そして管見では、その〈浮遊感〉の〈ファンタスティックな〉強調という点において、本作は他の高樹の諸作と比べてもいささか異彩を放っており、もって読者がそれぞれの現実的苦悩を抱えつつ、ただ〈いまはかりそめの身〉としてユーレイになってみるための、格好の乗り物になっているといえる。ところで、先にあげた①から⑤のしおりの読者は、特に⑤の女性は、『億夜』だけでなく、ちゃんとこの『ゆめいろ影法師』も借り出していただろうか。

（埼玉大学助教授）

注1　本作、及びその他の高樹のぶ子作品の参照、引用は、すべて文庫版によった。
2　「四『構図のない絵』」（『大庭みな子の世界　アラスカ・ヒロシマ・新潟』新曜社、01・10）

『ブラックノディが棲む樹』——現代の海洋文学としてのダイビング小説——

土屋　忍

海に潜ったことのある者にしかわからない海の肌触りを随所に描いた「ブラックノディが棲む樹」（「文学界」88・7）は、現代の海洋文学である。作者の高樹のぶ子は、エッセイやインタビュー記事から推測すると、一九八二年頃からスキューバ・ダイビングを始めている。その後も着実に本数（ダイバーたちは使用したタンクの数で経験をあらわす）を重ね、ベテランダイバーになっていく。日本では、海の中の世界を海面からではなく下から（光射す海面を含めて）描ける数少ない作家である。ジョセフ・コンラッドや葉山嘉樹などの船員出身者が担ってきた近代の海洋文学は、主に男性に占有された船の世界、船上生活を対象にしてきた。船乗りによる船上生活というのは、陸上生活を海の上の密閉空間そのままに移行した世界であり、基本的に男社会の縮図だといえる。しかしスキューバ・ダイビングの世界、すなわち海の中の世界は、〈水のやわらかさ〉を体のすみずみで体感し、そうすることで認識される感覚の世界であり、社会的性差や世俗的なしがらみは問われない。「ブラックノディが棲む樹」におけるボブとカレンと私の関係性は、デビュー作「その細き道」（80）以来高樹のぶ子が抱えてきたテーマの三角関係だと言えるが、その三角関係は、バディとバディとの一対一関係によって成立つ海の中では、また違う関係に変化しているはずである。水中でも肺活量や身体技術の差などは意識されているが、恋愛、結婚、不倫といった人間関係の社会的意味づけは、陸上においてこそなされる。海の中の人類はひとりひとりが生身の個人でしかなく、陸上とも船上とも別世界の住人なのである。

人間にとっての海の中は、海の上以上に限られた時間しか生存できない場所であり、行動範囲も限られている。一回に潜水可能な時間は分単位であるし、潜水時の身体も非常に多くの制約をうけている。専用スーツとBC（浮力調整用ジャケット）とウエイトを着用し、マスクをかぶりグローブをしてブーツを履いてフィンをつけ、タンクを背負いレギュレーターを咥えてエアを吸えるかどうかの入念なチェックをおこない、耳抜きなどの体調を確認した上で、ようやく潜る準備が完了する。経験を積み、こうした一連の身支度を半ば無意識にできるようになり、水中での呼吸法や危険な魚に関する知識などを身につけてはじめて人間は魚の真似事ができるのである。同じダイビングであっても、ジャック・マイヨールがその著書『イルカと、海に還る日』（野間佐知子訳、講談社、93）で示したような、体を張ったスキン・ダイビング（いわゆる素潜り）の世界とは異なり、購入したエアに依存している。念入りな準備と重装備とひきかえに、死と隣り合わせの甘美な数十分を手に入れたとき、社会的性差ばかりでなく生物学的性差や年齢差も小さくなる。水中運動は浮力により筋肉や関節などにかかる重力の負荷を軽減させるので、男女や老若の体力差は必ずしも決定的なものではないといえる。

「ブラックノディが棲む樹」の冒頭には、〈私〉の実母の死が語られ、死の直前には〈無重力の快適さ〉をめぐる母娘のやりとりがある。娘が母に〈さんざん話してきかせていた〉〈無重力の快適さ〉はダイビングを通じて獲得していたものであるが、今度は母が、自らの臨死において〈無重力の快適さ〉を経験するのを娘は目撃することになる。母の葬儀を終えた後、極度の睡眠不足のなかで〈生命の爆発とも呼びたい火柱〉が〈私〉の体内で噴き上げるや〈言葉〉は忘れ去られ、従兄である拓次に向けられ暴発し、〈私の理性や自尊心を踏みにじ〉る。母の〈安置された柩〉は娘の性的エネルギーと交感し熱を放ち、宇宙規模の快楽を生み出すのである。〈これまでの二十九年間の人生が根こそぎ崩れたような混乱〉に襲われ、〈私〉は勤めを辞め、日本を〈脱出〉する。物語の舞台は〈赤道からほんの少し南に下りた西太平洋上にある〉島へと移り、熱帯の自然や異性から何かを授かり貫かれることで〈私〉の〈魂〉の回復（あるいは再生）が目されるというその筋立ては、おそらく多くの読者が予想するところであろう。確かに、物語の展開に目新しさはない。作者はそのことに充分自覚的であり、だからこそ〈私〉が傷心旅行のふりをして周囲を納得させたという設定になっているのだろう。しかし、南島表現の中心に南洋の海の中が据えられ、ブラックノディなどの現地の動植物（自然）体験が〈窒素酔い〉などのダイビング用語の比喩によって語られるところにこの小説の醍醐味はある。主人公が癒しを求めて南の島に向かうという骨格をもつ物語は数多いが、日本語でスキューバ・ダイビングの本質に迫った小説はほとんどないのである。

スキューバ・ダイビングにおいては、作中の言葉を借りるなら、〈自分が生きているか死んでいるかわからなくなる〉一瞬間を楽しみ、ときには〈体内に蓄えられる窒素による効果〉で〈麻薬を打たれたように一種のトリップ状態〉に陥りながら意識的に〈死を考え〉〈正常な自分を確認〉し、〈窒素酔い〉と闘わなければならない。だから〈この島に来て以来、物事を深く考えつめる能力を失くしている。自分に薬を与え、それが効果をあらわしてきているということだろう〉という〈私〉の自己分析には、かつて流布されていた曖昧な言説「南洋ボケ」とは異なる一定の科学的根拠があることになる。また、一般的にスキューバ・ダイビングは「スポーツ」に分類されるが、基本的に勝ち負けのない世界であり競技ではない。陸上で発揮される運動神経や腕力が直接活躍することもない。プレイ中の緊張感といえば、死と隣り合わせの危険を感知する生存本能だけである。〈私は生き返りつつあるのだろうか。それとも少しずつ、波に削られる砂のように生命を持ち去られているのだろうか〉といういささか大げさな自問も、生死の境や臨死を人工的に体感させるスキューバ・ダイビングの本質と抜きがたく結びついているのである。したがって、〈海に潜る趣味〉をもつ主人公が身近な死からうけた衝撃から回復しようという物語にとって、ダイビング漬けの日々を送り〈物事を深く考えつめる能力を失く〉すことはある意味で必要なことであり、それを可能にする南の島が舞台になるのにも必然性があると言えるのである（なお作者が執筆の際に念頭に置いた島はおそらく「ヘロン島」である）。

日本からやってきた〈私〉は、南洋の海の中で、アイコンタクトと手信号によるスキューバダイビング独特の言語コミュニケーションを経験する。単純な水中言語は容易に国境を越え性別を越え、〈私〉に異世界を体験させる。ボブとカレンとのダイビングにおいて〈私〉は、さらにマスクとレギュレーターを外した世界も経験させられることになる。そこで三人は、それぞれ見えない相手を感じとりながら顔を重ね唇を近づけあい、抱き合ったり揉みあったりしながら声の振動の伝わないなかで笑いあう。水中において三角関係は束の間の平和を獲得する。視覚も聴覚も呼吸も不自由で、思考の持続しない環境は、〈私〉に究極の異世界を体験させ、論理と活字の世界から脱出させるのである。

同じ島国である英国には「海洋文学」（MARINE LITERATURE）の伝統がある。しかし、「日本は海洋国家といわれながら、意外に海洋文学が不振である」（尾崎秀樹『海の文学誌』白水社、92）とされてきた。例えば、古来からもっとも海をよく知る海女の存在はあったが、海女による海女の文学（とりわけ小説）はなかったと言って差し支えないだろう。そうした中で髙樹のぶ子は、職業的に海と接してきた人々とは異なる立場で海を知る女性作家として、海の中の世界を描き、現代の海洋文学を担っていると言える。「ブラックノディが棲む樹」はその始まりであり、本格的ダイビング小説とも言うべき同じ作者の書き下ろし長編小説『時を青く染めて』（90）を導く道を切り拓いたのである。

（武蔵野大学専任講師）

『霧の子午線』——変容し続ける家族像——

羽矢みずき

『霧の子午線』は一九九〇年に刊行され、一九九六年には岩下志麻・吉永小百合主演で映画化（那須真知子脚本、出目昌伸監督）された長編小説である。一九六八年を頂点とした政治の季節の中で、全共闘世代と呼ばれた若者たちは既成概念の解体・社会への反抗を掲げて闘っていた。鳥飼希代子、沢田八重、淡路新一郎も「家」に反発し体制の力に抗うことで、自分たちの生き方や居場所を見つけようとしていた若者たちであった。時代の波に身を投じることで出会ったこの三人は、〈自己変革〉を合い言葉に闘争にのみ価値を見出す生活に殉じていたが、そんな状況下で三人は奇妙な人間関係を形成していくことになるのだ。

新一郎が八重と関係を持っていたことを知った希代子は、〈理不尽な人生の罠〉を感じながらも自分も新一郎と関係を結んでしまう。しかし〈所有欲や独占欲といったあらゆる欲望が反省の対象〉であった運動の論理の中で、彼女は新一郎との関係を通常の愛情関係に置き換えることに罪障感を抱くのであった。希代子も八重も〈嫉妬〉という感情を殊更に抑圧していく。三人が形成している〈砦〉の中で、希代子は〈八重と自分が共生していける不思議さ〉を実感し、さらに自分たち三人の関係を〈高貴な、選ばれた者だけの連帯〉で結ばれているのだという優越感で捉えていた。「共闘」の理想が生み出すはずの連帯感は、こうした三人の危うい関係性の中にしか存在していなかったのである。

常に希代子や八重によって語られる遠い記憶は、〈線路づたいに代々木から新宿駅へ向かう、一九六八年十月二十一日〉の激しい闘争の風景を原点としている。実際に十月二十一日の国際反戦デーは全国六〇〇ヵ所で八十六万人が統一行動を起こし、一五〇五人の逮捕者を出すという大規模なものであった。この日は前年から続く〈佐世保のエンプラ、三里塚、王子野戦病院〉といった一連の闘争とは異なり、希代子たちにとって〈もっとも意味のある忘れられない記念日〉となったのである。御茶ノ水駅から新宿駅を目指したデモ行進は、学生による占拠で燃え上がった新宿駅で乱闘状態になだれ込み、リーダー的存在の新一郎は希代子と八重に逃走を指示して雑踏に飲み込まれていく。無秩序な場から逃げ出した二人は、激しい闘いのさなかに脳裏を過ぎった、新一郎を巡る〈嫉妬〉心が生んだ妄想を告白し合うことで、闘争に没頭しきれない自分たちを確認し「三人の連帯」からの離脱を予感するのであった。この時すでに前年の闘争時に味わった高揚感はなく、〈唯一、痛覚に近い緊張と興奮を覚える時間〉は新一郎との男女の関わりに、あるいは新一郎を共有する希代子と八重の奇妙な関わりにのみ存在するという状態に変化していたのだ。それは、愛情や嫉妬という通常の感情を抑圧することで成り立っていた三人の関係の崩壊を意味していた。抗争が激化する状況に反して、三人はしだいに学生運動に醒めていく自分たちを実感していた。個のアイデンティティーや欲望を抑圧して成立する「共闘」がもたらす矛盾に気がつき始めていたといえるだろう。あたかも青春の終わりを告げるかのように、彼らが形成していた〈小宇宙〉は希代子の妊娠と同時に崩壊し、三人は一気に現実社会の中に放り出されてしまう。父親のいない子供の出産に悩む希代子に、八重は二年間の闘争の〈証し〉として産むことを決意させる。二人がともに新一郎への執着と訣別した時、希代子と八重の間に潜在していた〈嫉妬〉心は二人を結びつける新たな連帯感へと変質していき、さらに八重は希代子とその息子光夫を自分の「家族」として認識することで、希代子との間に在った「共闘」時代の連帯感を家族愛へと変えていくのであった。

　作品現在時の一九八〇年代末には、希代子は新聞社に勤め、八重は病弱でありながらテレビ局に勤めるいわゆるキャリアウーマンとなっていた。「とらばーゆ」や「キャリアウーマン」など、仕事を持つ自立した女性のイメージを強調する言葉が流行語となった同時期に、四〇代半ばになるこの二人の女たちは八〇年代を象徴するかのような先駆的な生き方を選んでいた。かつての一人の男を巡る女二人の奇妙な関係は、そのまま息子の光夫を加えた希代子・八重の新しい家族像に引き継がれる。そしてこの変則的な家族の有り様は、高校生になった光夫が父親との対面を切望し、自分の出生の秘密に向き合おうとすることで鮮やかに浮かび上がるのである。過去を封印しようとする母親への苛立ちと反抗は、希代子と光夫の間に軋轢を生む。希代子と八重とで形成してきた「家族」関係を不完全なものとして捉えるようになった光夫が、彼の中で「完全な家族」の再構築をするには、父親の存在と自分の出生に纏わる父母の関係性を知ることが必要なのであった。

　頑なに父親の名を告げない希代子に対する光夫の憤りは、もう一人の「母」である八重にも向けられる。かつて希代子に出産を決心させた八重は、光夫にとって〈自分の運命を操ってきた女神〉であった。八重と光夫の〈父親がわり〉である叔父高尾耕介との不倫関係を知り、八重が「母」などではなく一人の女であり、また耕介も「父」ではないことを悟った光夫は、激情に駆られて八重の唇を奪う。自分を異性として見始めた光夫の中に八重は〈二十年前の淡路新一郎〉の面影を見るが、〈あの三人の関係を許した〉〈あの時代の必死な《デスペレイト》空気〉を光夫に説明できないままに、希代子に先んじて父親の名を告白することで、光夫を「子供」として刹那的に独占するのだった。夫婦・親子といった本来固定しているはずの家族の役割や位置付けが、柔軟にスライドし交錯することで紡ぎ出される微妙な関係性の揺らぎに、この作品の主調低音となっている「家族」の解体と再構築が投影されているのである。

光夫の求めに応じて父子の出会いは果たされるが、父の実態を知ることで追い求めていた家族像が幻想であったことを光夫は実感するのだった。新一郎もまた自分の原点である代々木界隈を息子と歩くことで、希代子や八重と共有した時間は何だったのかを捉え返そうとするが答えは見つからない。八〇年代後半の若者である光夫にとって、過去の出来事である学生運動は〈初心者向け全学連〉という〈コミックみたい〉な本で知識を得る対象であった（一九八二年に現代書館から刊行された菅孝行編『FOR BEGINNERS 全学連』を指すと思われる）。活字からの知識で〈全共闘って言葉には、精神の強さを感じる〉と言う光夫の言葉にたじろぐ新一郎は、かつての自分の不安定な脆弱さを残酷なまでに蘇らせるのであった。〈子供が出来る関係〉には〈何か特別なものがあるはず〉だと自分の出生に必然の力を信じている光夫の眼差しによって、かつて「家」に反抗していた三人が共闘の場として認識していた〈小宇宙〉は、「擬似家族」を形成する場でもあったという新たな意味が炙り出されてくるのである。

父親に会うことで封印された過去を相対化した光夫は、「完全な家族」という幻想による呪縛からようやく解き放たれたのであった。希代子と八重が従来の家族形態を破って構築してきた関係性の中に、光夫が発見した「不完全な家族」の形態は、彼自身によって否定されなければならなかった。「完全な家族」という幻想を追い求める光夫の旅は、現実の家族を受け容れるために通過しなければならないイニシエーションであったといえるだろう。葛藤の末に二人の「母」を認め父への思いを乗り越えた時、光夫の新たな家族の捉え返しが始まっていく。最終場面で、光夫が二人の「母」に捧げる「わが母の教え給いし歌」を〈情感をこめて〉チェロで奏でるという行為には、新たに結ばれるより確かな関係性への可能性が読み取れるのではないだろうか。

（立教大学大学院生）

『哀歌は流れる』――哀しく、そして愛しく――

下山孃子

本書は六つの短篇小説から成る連作であり、いずれも「小説新潮」に発表されたものだが、内容は六つのどれもそれ一篇で読み切り可能な独立した世界を形成しているものの、前の登場人物の一人だけが次の作品世界の中心になるというように、初出順に連鎖して行く形を取っており、最後の短篇に最初の短篇の登場人物が現れるという形で全体が一つの環になっている、という構成上の特徴がある。六篇（以下便宜的に丸付き数字を付す）は①「十四年目のイヤリング」（88・11）②「岸辺の家」（89・2）③「菊五郎の首輪」（89・6）④「画家の庭」（89・9）⑤「冷たい猫」（90・1）⑥「生命のしずく」（90・3）の順で構成されており、表題『哀歌は流れる』が全体をまとめているが、一つの哀歌が次の哀歌に流れていくという形であり、それぞれの哀歌のメロディは異なるものの、全体としてはやはり人間存在の哀切さ、それ故の愛しさ、という色調にまとめられていくと言える。

①「十四年目のイヤリング」　十四年前、大学卒業後勤め始めた遠野美和子は、姉妹のようにして来た二十一歳の短大生の従姉妹・梢と同じ英会話教室に通ううち、講師の大道治に恋心を抱くようになるが、梢も同様であることを察する。ある日、梢が忘れた白い象牙風のイヤリングの片方の裏に彫り込まれた〈FROM OSAMU, WITH LOVE〉の文字を目にした美和子は衝撃を受け、机の引き出しに放り込む。その一年後、梢は治と結婚したが、梢は十年後胃癌で没した。四十九日を過ぎた墓参の日、美和子が梢の忘れ物だと言って治に返そうと

つけていったイヤリングを見た治は、もう片方を以前の美和子の忘れ物だろうと取り出す。その裏には〈TO MIWAKO WITH LOVE, S.K〉とある。治は当時これを見て美和子は恋人がいると思い込みショックを受けたと話す。美和子が治を断念し、治は美和子を断念するようにと、梢が行った企みに初めて気付いた美和子は愕然とする。〈病気のデパート〉と自称していた妹のような梢の〈やむにやまれぬ真情〉を感じ取った美和子は、赦すしかないと思うのだった。作為的なストーリーだが、病弱で年下の妹分梢に対する美和子の姉的思いが流れる。

②「岸辺の家」 高校教師の大道治は、担任生徒の大庭あずさが夏休み直前から拒食症の状態であることを知り家庭訪問をしたが、その義母咲江は額の生えぎわが少女のように初々しい、あえかな女性であった。あずさの実母の死後、三年前に咲江と再婚した父も八か月前に病死し、あずさと咲江は二人暮しだが、不用心なので離れに医学部を目指す三浪の咲江の甥健太郎を住まわせている。治は、好転しないあずさのことで治を頼るしかないという咲江のはかなげで悲愴感あふれる様子に、微かな甘美さを感ずるのであった。しかし、ある日突然、咲江と健太郎が心中する。衝撃を受けつつもそれ以後快方に向かうあずさは、広島の父方の祖母に引き取られていった。治に来たあずさからの手紙には健太郎の所持していた咲江のヌード写真が同封されており、それを見つけて以来のあずさの変化が綴られていた。写真の裏には健太郎の字で〈盗まれていく僕の最愛の花〉と、あずさの父と咲江の結婚一週間前の日付けがあった。ヘビやイチジクの作中での用い方は、創世記をイメージさせる。

③「菊五郎の首輪」 祖母の家に来たあずさは、日課になった犬の菊五郎の散歩の途中、加藤五郎という男に声をかけられた。東京から来た五郎は、自分の妹の久美に連絡をとって欲しいとあずさに頼む。母と久美が暮らしていた家を五郎がバクチの金を借りたために騙し取られ、母は縊死し、久美はこの地で働いている。その金を妹に返すために五郎はヤクザに命を狙われかねない危険なことをした。どこか憎めない抜けた感じの五郎だが、

妹と連絡を取りたいという必死さに動かされたあずさは、久美に五郎に会うように勧める。だが久美は会おうとせず、警察に通報し、五郎は逮捕された。それは〈刑務所の中でだって、生きてさえいてくれればさ…〉という兄思いの久美の熟慮の末のことであった。東京に送られた兄のために自分も帰京しようとする久美は、警察に引かれていく兄を見ていて〈兄を好きになった〉と言う。あずさも〈私も、母が死んだとき、それまでで一番、母が好きになりました〉と言う。菊五郎にと五郎が買ってくれた〈星型の金属がぐるりと取り巻いて、幅も厚みもたっぷりとある、堂々とした〉首輪のお礼を伝えてくれと、あずさは久美に頼む。道徳や倫理を越えてまでも愛する者への思いを貫こうとする、ある意味で愚かな、だからこそ愛すべき人々への共感が漂う。

④「画家の庭」　東京に戻って来た加藤久美は立川のアパートに住み、夜は立川で働き、昼週三回は国立で画家のモデルのアルバイトをし、時々府中刑務所に入っている兄に面会に行く。国立の落ち着いた街並みや、この街の大学や音大に通う学生たちから久美はある種の威圧感を受けるが、それは中卒の学歴しかなく、英語も楽譜も読めないことから来るコンプレックスが作用しているからかもしれない。画家の大川八束（四十六歳）と雅子（三十五歳）の夫婦は、レンガの高い垣で囲われた広い屋敷に住んでいる。森のように繁茂する荒れ放題の庭、そこに飛び交う蝶々や蛾や虫、ウサギなどの小動物―八束の許に出入りする画家志望の野田英夫は、絵を描くためには狂気の淵に立つ必要がある、八束の狂気に久美も〈必ず負け〉ると予言する。三週間後、雅子が子供のように可愛がっている黒ウサギを八束が無理やり奪い取った拍子にウサギは死んだ。その黒い塊を裸の久美の下腹部に置いて描き続ける八束、気味悪さに耐えた久美は終ると八束にしがみつき、自分の方から求めるように抱かれた。その後八束との関係が繰り返されるが、久美はそのことによって芸術的な知的なものが自分の体内に流れ込んだような高揚を感ずるようになる。様々な苦しみを芸術の糧にして来た八束の全てを知る雅子は、久美のこと

も承知している。魔の黒ウサギの死体を埋めた場所に〈このままでは勿体ないから〉と朱鷺草を植えた雅子は、久美と野田に嬉々と弾んだ声でその花を見よと言う。二人は〈勿体ない〉という雅子の言葉に拘るが、そこに野田は雅子の女としての本質を嗅ぎ取り、そういう雅子が〈好きだ〉と言う。〈黒ウサギ〉と題する二百号の大作が完成すると同時に八束は病に倒れるが、雅子は生き生きとした目で病院と家を往復している。野田は朱鷺草の花を見ながら、画家になることを諦めると久美に語る。芸術家の狂気や魔性、普通の生活感覚を持ちつつも芸術の狂気に奉仕できるもう一方の狂気、「画家の庭」とはそれらの合体したものを象徴していよう。

⑤「冷たい猫」二十九歳の野田英夫はそれまでの画家志望を放棄し、友人の父が経営する広告代理店に就職した。シャムの純潔種シンシアという猫の世話付きで社長の家の留守を任された英夫は、獣医の峰香子と知り合い、程なく深い関係になった。香子は旅行作家峰幸一郎の妻であるが、二人は殆ど別居状態であり、それは二年前に海で子供を亡くして以来のことのようだ。香子は実家に近い浜辺で五歳の悟が遊んでいた浮輪には小さい穴が空いていたらしい…という話をした。その後英夫は社長から、悟は先天性の水頭症だったと幸一郎が話したことを聞く。香子が悟の病気のことを話さなかったことに英夫はしっくりしないものを感じる。やがてシンシアは雑種と交わって四匹の子を生んだが「やっぱりこんな色が出ちゃったわね」と言って香子は子猫を一匹ずつ連れ帰った。それらの子猫が全てビニール袋に入れられて医院の冷凍庫に入っていたのを見てしまった英夫は、注射で殺された子猫と、浮輪に針をかざしている香子の姿を連想して息苦しくなる。わが子にも動物にも、優性保護法的に対処できる女性獣医の姿を感じ取る英夫は、いつしか香子から遠のいていく。

⑥「生命のしずく」かつて詩人ダドリーと「輝ける地球のひとしずく―スリランカの光と影」を出版した峰幸一郎は、彼の死を聞いてその母を訪う。ダドリーの結婚相手はトオノミワコという―。

（大東文化大学教授）

『サザンスコール』——瀬良垣宏明

この作品を二度読んだ感想として、沖縄の自然の描写の巧みさ、比喩の美しさ、赤い布の正体とそれを可能にする化学者や技術者の執念と数々の実験の成果の種明かし。さらに下地良江の自殺の原因。そして幾つかの夢の事も気になる所。作者の色についての豊かな見識。更に、作者の凝視の効いた文体と二つの性愛によって引き裂かれる人間模様。企業人のエゴの貫徹とそれに伴う悲劇。とりわけ燿子にみられるとらえにくい女性像の描写はこれまでの沖縄を題材にした小説に見られない強烈なインパクトを読む者に与えずにはおかない。燿子は熱帯魚のように自由であり、つかまえると死ぬというイメージは、丁度カルメンに似ていると言えるかも知れない。燿子を生み出している南国の太陽と自然は織り物の世界に反映させる事によって、生きている感じがする。種々の思念を孕みつつも脳裏をかすめたのは、以上のような事であった。

この作品は平成三年に日本経済新聞社より刊行された。作品は常に杉野隆三と仲間八重の立場から書かれている。隆三と二十歳の宮古島の織り子燿子との激しい性愛とデザイナーで四十四歳の仲間八重と、京都の染料店社長西合宗馬との壮絶な性愛とは全て赤い布と密接にからんでくる。社会的に許されている二つの性愛はタブーであればあるほど逆流して狂い咲く。作者はあとがきで、「恋愛を通して〈危機〉と〈破壊〉と〈破滅の力〉を描写し、恋愛に〈溺れたい〉」と記している。微温的な先のみえるサラリーマン生活を根底からゆさぶり、生と死そして愛をめぐる確執に最もふさわしいのは、恋愛である。燿子が誰の子であるかと追求をやめない仲間八重は、その謎を解く過程でみずから西合宗馬のスマートで無頼の悪の力にはまって行くのは、一種の業のようなものであるが、この危機を甘受しつつも超越するのは、実は沖縄の自然の力であったと思われて仕方がない。日常の中で生きている者にとって、死を背景としつつ、情念のとりこになって、地獄へころんで行く姿は性愛の極限のぎりぎりの限界であり得たし、その意味で、宗馬の死に伴い八重の日常への回帰を促す契機ともなっており、ある意味ではほっとさせられる。宗馬と八重の黒い情熱は閉じられた性愛ではなく、知性や生きる知恵やその他自然の力を背景としたものであり、読後スコールの通過した青い海の風のようなさわやかさを与えている。仲間八重は短大卒業後京都の大学の研究室で助手となっており、一度杉野隆三をふっている。学と隆三は同大の理学部の出身で、分析化学を専攻。学は大学院へ進んだ後に隆三の勤務する産洋レーヨンに一年遅れで入社し、七四年学は会社を止め、八重を連れて故郷の沖縄に帰り、学は沖縄織物の世界へ向かい、八重は那覇の松越デパートに就職し、現在課長であると同時に専属デザイナーでもあった。

学と八重は首里金城に住み、首里と宮古に工房を持っている。十六、七年経ち八重は伝統に固執する学に飽き足らず、東京に目を向け、学は学で伝統を守るのに精一杯で、八重の行動を冷ややかに見ている節があり、二人の間にいつの間にか微妙な風が吹いてきた。八重はそのようなさ中、学に対するある疑念が浮かんだ。

夫に、自分に言えない秘密があり、それが下地燿子と関係があるとわかって以来、夫婦の間には微妙な溝ができている。そして今や、八重の方にも、夫に話せない秘密ができた。燿子の居場所を、夫には知らせず、結局隆三には教えてしまったことが、まずもって大きな隠し事なのだが、夫の過去を知るために内緒で京都に行き、西合宗馬と会ったことは、今となっては何があっても言えない。

最初に疑念ありき、で夫への秘密はこれを重ね続ける事により、一層の疑念を深め、更に次の秘密へと至り、止まるところを知らない。八重のいわゆる暗い情熱である。

ひとつは、宗馬がいきているあいだに、夫の過去のすべてを彼から聞き出すこと。彼は二十年前の学について、多くのことを知っていると八重に仄めかした。そしてもう一つは、宗馬という死の熱にとりつかれたような男の体に接し、女としての冷めかけた体温を、いまいちど燃え上がらせたいこと。

夫の秘密とは、燿子は誰の子であるかという事。又八重の性愛は、二十代と違って、性欲＝生命という考えがある。これは宗馬から学んだものである。宗教心のない八重にとって、中年になっての初めての性愛はその行き着く先は宗馬の死によってピリオドを打つがそのポーズは新幹線から流れ出る人のようなものであろう。隆三の燿子との性愛が家庭を破壊したり、破滅させるものではないのと違って、人妻の恋は社会にとっては、最も危険なものであろう。身も心も宗馬の囚となった八重は、ある種の狂気の中に生きている気がする。

隆三にとって、赤い布の謎の究明は即特許に結びつくプラクティカルなお宝である。布の模様にペラルゴニジンとシアニジンを発見する。この謎解きは南国の無限の可能性を示すと共に化学に関心のある読み手にとっては、都合の良い題材を提供している。ところで、隆三はあくまで企業の論理を貫く。

この考えはエゴか、と隆三は自分に訊いてみる。エゴだ。と即座に答えがでた。しかしエゴは競争原理の核となるものだ。エゴによる競争が、人々の生活を豊かにし、日常の中で人々に剥き出しのエゴを感じさせないだけの様々なクッションを作り出してきたのだ。（中略）

隆三が赤い布の謎解きに迫るのは、当初は好奇心からスタートしているが、研究仲間の協力により、これを企業の利益と結びつけ燿子から買収しようと意図した所からも明らかである。

ところで、隆三は何故燿子に魅かれて行ったのか。これを隆三は、〈性的吸引関係〉と呼ぶが、これは性のリアクションを通して、相手の心や人格を理解するたぐいである。この隆三の考え方は、作者の考えであると同時に、また八重と宗馬にもあてはまりそうである。そして、生と死も必然的にからんで来る。〈性的吸引関係〉は、性の衰えの見えて来た隆三にとっては、重荷となって行く。燿子にとっては、不毛の恋に外ならない。隆三の性愛の行き着く先は、〈性的吸引関係〉を越えて〈魂の自由〉とか〈軽やかさ〉に取ってかわられる。

この作品のクライマックスは八重の求めていた学への疑問と燿子の出生の秘密が明らかにされる学と宗馬のやりとりに見られる。実は下地良江が燿子を妊娠した時これを実に宗馬に結婚を迫る事をせず学の子ではないのに学の子として、宗馬にイチかバチかの踏絵を迫った。二十年前の話である。学は当初これを断ったが、良江が布の完成のあかつきには、学にこれを話すと言ったので、突然学は企業人として、特許を取ろう、と決心した。この事に良江はひどく傷つき、学と将来結ばれる夢も奪われて、自殺してしまった。宗馬にも責任の一端はある。

良江は、結局二人の男に裏切られて、赤い布をまいて、死んで行く。このことは、先ほど記した通り、宗馬の入院先で二十年後に妻同伴の学の口から語られる。学が妻を伴い、後に那覇に帰った原因は良江の自殺がからんでいたのは、言うまでもない。

最後に、冒頭の部分に、隆三が階段を数える場面があり、最後にも出て来る。

地上へ出るための階段へかかる一歩目は、いつも左足である。踊り場までの階段が十六段そこから上が十八段。（中略）

このさりげない日常の中に、隆三の一年間の動きが封印されている。

（筑波大学国語国文学会会員・元琉大短大講師）

『白い光の午後』——女の描く男心——

松村　良

物語は破局の後から始まる。鳥飼砂子は自分で車を運転して、夏の双見海岸を訪れた。砂子は今年三十二歳になる主婦で、去年まで地元の新聞社の経理の仕事をしていた。そしてその新聞社の記者だった〈ヨシさん〉こと遠見良輝と不倫関係になり、一年前の今日、双見海岸のある岬の先端で心中を図った。良輝は死に、砂子は生き残った。それ以来、彼女は何度となく、死んだはずの良輝の声を耳にするようになる。それは「一年目に、あそこで会おう」という言葉だった。その言葉に導かれるようにして、彼女は今、双見海岸を訪れたのだ。そこには〈ヨシさん〉がいた。「私、ヨシさんがヨシさんの姿のまま私に会いにきてくれるなんて、そんな虫のいいこと思ってなかったから、大丈夫よ」と砂子は言う。この〈ヨシさん〉は一体何者なのか。〈ヨシさん〉を名のる男と砂子は、たどたどしく言葉を交わし、やがて唇を重ね合う。

——ここで、読者は「現実」へと引き戻される。砂子と会っていた男の名前は遠見久信。四十代後半で、私鉄の人事部次長をしており、妻と高校生の娘がいる。良輝は同じ年の従兄であるが、久信とは性格も生き方もまるで違う。〈新聞社で美術専門記者として、自分の好きな世界だけに首をつっこんで生きてきた〉良輝に、ある種の屈折したコンプレックスを抱いていた久信は、良輝の死に対しても〈ともかくもあいつは、身勝手に生き、身勝手に死んでいったわけだ〉と思う。そんな久信が、砂子の前で良輝を演じて見せたのは、砂子の夫である鳥飼徹に頼まれたからである。心中の後〈精神の針が、ときどき奇妙な振れ方をするようになった〉砂子が、〈一年経ったら、遠見良輝と会わなくてはならない、あの場所で再会することになる〉と繰り返し言うのに対して、鳥飼は、良輝をよく知っている久信に、一度良輝のふりをして双見海岸で砂子に会ってくれるように頼み込む。久信は、私大で古代史を教えているということの鳥飼の真意を測りかねたが、結局良輝のふりをして砂子と双見海岸で会ったことを、ホテルのバーで待ち合わせた鳥飼に報告する。その時に鳥飼から「やはりあなたは亡くなった遠見さんにそっくりなんだ」と言われ、久信自身も自分が良輝に似てきたように感じられてくる。鳥飼と別れた後、久信は砂子に電話を掛け、次の木曜日の夜の十一時に、彼女が〈ヨシさん〉と初めて出会ったという公園で待ち合わせる。

再び〈ヨシさん〉として砂子と会った久信は、良輝が初めて砂子と出会った時と同じように、夜の公園で花火をする。花火によって青から赤へと変わった砂子の顔を眺めている久信の内面が描かれる。〈久信は、消えてしまった砂子の顔が性的でなまめいていたのを、むさぼるように味わい直した。双見海岸では感じなかったもので、一瞬の光に閉じこめられた、それゆえに暗闇の中でも長く脈打つことのできる女の肌や肉が、そこにあった。／実を言えば、久信の目はこうした瞬間を逃さず味わう能力がある。年齢を加えるごとに、この能力は高まってきていた。表情ひとつ変えずに、視線を女の一番奥まで届けることができるのである〉。語り手は久信の〈黄色く濁っている〉目の中にある情欲、視姦的視線へと読者の注意を向けさせる。ここから久信は砂子に対して誘導尋問的に、花火の後、良輝とホテルへ行ったことを聞き出す。すると砂子は「これからホテルに行くの？」と久信に尋ねる。久信は砂子にキスするが、〈いまこの女がキスしているのは自分ではなく従兄であろうと思った〉。顔を離した時、砂子がふっと笑ったような気配を久信は感じる。理解できない女の笑いに、「男」として欲情を感じつつも戸惑いを隠せない、そういう「男心」――おそらくは実感はあっても「男」自身は描こうとしない――が、ここでは描かれている。

金曜の午後、久信は会社を抜け出して砂子とホテルへ行く。情事の後、しばらくまどろんでいた久信は、ふと横に砂子がいないことに気付く。彼女は隣の畳の部屋で、自分で作って持ってきたいなり寿司を食べていたのだった。それを見た久信は、砂子との性行為の中で「あの細長い湿った洞穴の奥に生き残り、深い息づかいのたびに久信を挑発していた」のが良輝だったことを思い出し、その良輝に自分を重ね合わせる。と同時に、いなり寿司を食べる砂子の背中を見ながら〈この女は良輝のものでも亭主のものでも勿論自分のものでもなく、そのために誰もこの女を傷つけたり助けたりすることは出来ないような気がした〉。久信はそのような他者としての砂子に〈無垢ないとおしさ〉を感じる。

久信は砂子と昼間に情事を重ねるようになる。彼は会社の人事全般に関わっていたので、会社での外出時に相手が誰かを詮索されなかったのである。次第に久信は、砂子に対するいとおしさや願望や欲求が、恋愛感情であることを自覚し始める。彼は性行為の最中に「私は良輝ではない。ヨシさんではない。遠見久信だよ」と砂子に告げる。行為の後、砂子は彼に「はじめあなたはヨシさんでした。本当にあの人があなたの中にいたの。私、はっきりとわかったんです。でもいまはもう違うんです」と言う。久信は砂子が久信自身を愛してくれたことを実感するが、その一方で語り手は、久信のことを〈根本的なところでずるくもいい加減でもなく、本当は青年以上に純情で恋愛にも不馴れな男が自分だとは、考えなかった〉とか、〈これは久信がどれほど馴れていないか、本人が考える以上に真面目な人間かの証しでもあるのだが〉といったように、彼の行為と認識とのずれを強調し続ける。つまり久信は、良輝に自分を重ね合わせて情事の中心人物になったつもりでいたが、実際には表層としての恋愛に心を奪われていただけなのであった。良輝は砂子と心中したのであり、その「真実」から久信ははじき出されてしまっている。砂子の「愛」を獲得したはずの久信が、それでも〈やはり何かが欠けていた〉と思うのは、良輝と砂子の間の「真実」を知り得ないことに発している。だが、それを暴くことは砂子の心を再び良輝のもとへと回帰させることに他ならなかった。

最終章で遊園地へ行った久信と砂子は、恋人同士のようにふるまう。久信は、〈砂子と自分との間に決定的に欠けていて、常に彼を苛立たせているものが、日曜日と遊園地という二つの翳りのないもので、いくらかでもあがなえるような気がした〉のだ。だが久信は、最後に乗った大観覧車の中で、「実は、双見海岸の海の家の女の人に、あの日のあなたのことを聞いたんだよ。濡れた体で、岩の上にぽつんと座っていたんだそうだね」と語り始めてしまう。この時〈久信は自分の言葉に酔っていた〉と語り手は言う。彼の言葉に反応した砂子は、「私が誘ったのに、私は約束を破ってしまった」という良輝との「真実」の中に回帰し、ゴンドラの中の久信に向かって、「ああヨシさん、ヨシさんだあ」とむしゃぶりついてくる。狂気の世界へ戻った砂子を抱えながら、久信は〈あらゆる後悔や反省と無縁〉な状態のまま、〈ゴンドラが半周して地面に届くまで、あと数分の時間が残されている〉と思う。

この小説の中で、砂子は常に他者であり続けた。久信は、砂子の心を求め続けた結果、彼女の心が終始良輝のもとにあることを再確認したに過ぎない。四十代後半の久信という「男」のむき出しの性欲と、秘められた恋愛への渇望とが一体になった「男心」を、女性作家である著者が描き出した意欲作であると言ってよい。

この「白い光の午後」は、「文学界」一九九一年十月号に掲載され、一九九二年二月に文芸春秋より刊行された。現在、文春文庫に収録されている。

（聖学院大学非常勤講師）

『これは懺悔ではなく』——肉体とモラル——

久保田裕子

高樹のぶ子の作品タイトルは、「光抱く友よ」「波光きらめく果て」など、読者に呼びかけるような豊かな物語性を湛えている。「これは懺悔ではなく」もまた、手に取る以前から読者に作品の展開を予測させるような誘惑に満ちている。

表題作は「群像」（92・2）に発表され、単行本『これは懺悔ではなく』（講談社、92・5）に収められたが、その他に「トマトの木を焼く」（「群像」88・11）、「パラパラザザザー」（「すばる」91・1）、「凮の白刃」（「すばる」90・1）、「月への翼」（「群像」87・2）が収録されている。初期の高樹作品から繰り返し描かれるモチーフである三角関係は、「これは懺悔ではなく」において、大学の助教授同士の夫婦がその一角を形作っている。

妻と夫は世間的には〈一応教養ある知識人〉であるという〈矜持〉を持ち、静謐な学究生活を送っているように見える。しかしその奥底には新婚時代の熱気が過ぎ去った後の夫婦の倦怠と、互いに言葉にし難い不満が淀んでいる。三十五歳を迎えたとき、妻の〈わたし〉は中学時代の友達で、現在は居酒屋を営む富田雅枝と偶然再会し、〈不逞な気配〉を漂わせるヤクザめいた義兄の高見研三と知り合いになる。少女時代から恵まれた境遇にある〈わたし〉にとって、〈水商売〉を転々とし、男性遍歴を重ねてきた雅枝は陰画のような関係にあるが、高見との不倫を通じて、ふと雅枝の属する世界へと足を踏み込んでいく。彼女は夫との停滞しているが安定した関係を壊さないまま、高見との〈下半身だけ〉の関係を続けた。ところが〈恋愛のおそれはない〉相手との関係をコントロールしているという〈嫌な女〉の傲慢さは、高見が雅枝の姉の元夫であったが、その後彼女の〈亭主〉になったことが判明した時点であっけなく挫かれる。〈わたし〉自身は夫と高見との間で密かに三角関係を演じているつもりであったが、気付かないままに高見をめぐって雅枝と三角関係に陥っていたことを知る。四年後に〈わたし〉は雅枝の死を知り、高見から金を求められるまま彼を宿泊するホテルの部屋に呼ぶ。「これは懺悔ではなく」は過去の自分自身の不倫を後の時点から冷静に振り返っている告白であるが、作品の最後の場面は、高見との間に再び過去と同じ出来事が繰り返されることを暗示して終わる。彼女の中で不倫という行為は、懺悔に値する悪ではなく、必然的な出来事であったことがわかる。

高樹作品には、少女時代の三角関係が未消化のまま積み残され、平穏に過ごしていたように見えた後に、中年となった現在において再燃するというかたちをとるものが多い。本作においても、二十年近く前の〈わたし〉が、雅枝の妊娠中絶手術に立ち会わされたという記憶は、二人の女の関係を決定的に関係付ける出来事であった。もと〈地主〉であった父が、貧しい〈小作〉の子であった雅枝の手術費用を立て替えたかもしれないこと、さらには父自身が子供の父親であったかもしれないという疑念が、〈わたし〉の中でわだかまっていた。恵まれた家族の深淵に、父母と雅枝との間に三角関係があったという疑いが澱み、このような過去の記憶が、彼女自身の現在の不倫の底流となっている。堕胎した雅枝に対して〈無知で無謀〉と見下すようなまなざしを向けながら、一方で〈得体の知れない負い目のようなもの、償いをせぬまま逃げている加害者のような落着かない気分〉を抱き続けてきた。

与那覇恵子は〈高樹作品は人間存在を精神と肉体、知性と無知といった二項対立で捉える傾向〉（「高樹のぶ子」

川村湊・原善編『現代女性作家研究事典』所収、01・9　鼎書房）があると指摘しているが、〈わたし〉と雅枝の設定についても、〈地主〉と〈小作〉、教養と無知といった二項対立の構図のもとに捉えられている。また「月への翼」、「風の白刃」では、奔放な同性に翻弄される女たちが登場するが、社会的な逸脱者が引き起こす事件に巻き込まれていくのは、いずれも彼女たち自身が一見平穏な生活の深層に暗部を抱えているからであろう。したがって雅枝に対する〈負い目〉とは、抑制されないエロスの持ち主である雅枝に比べて、知性や言葉の世界に属する〈わたし〉が、自分自身の内奥にあるもう一つの側面を充分に生きてこなかったことへのもどかしさを内包している。

例えば「これは懺悔ではなく」において、夫婦の関係は、〈合理的な精神や判断が生活の基盤〉となり、観念や理性で以て混沌とした心情を割り切ろうとする余りに、自然なエロスの流露が閉ざされてしまっている。妻の側はそのような関係に苛立つたび、〈明るい光〉のもとでは〈影を抱えこ〉むという実感を抱いている。また「パラパラザザザー」ではダイビングが背景になっているが、高樹は自身のダイビング経験に言及して、〈思考力や精神力、要するに頭に依拠している人間の何かが後退して、逆に生理とかもっと生身のもの、感覚の世界が突出してくる〉（「不倫ではなくふたごころ小説を書きたい」「IN・POCKET」96・4）経験として語っている。高樹は近作『百年の預言　上・下巻』（朝日新聞社、00・3）について述べたインタビューにおいても、人間を精神と肉体とに分ける傾向、心が体をコントロールしているという精神の優位性に疑念を呈し、〈肉体的感情〉（「髙樹のぶ子――『人間の曖昧さ』へのまなざし」聞き手・構成　細貝さやか）への指向を語っている。

「これは懺悔ではなく」の〈わたし〉もまた、〈エロスは肌や下半身から芽生える〉という確信を抱いているが、ここでは肉体と精神が分裂し峻別されている。彼女にとってエロスは知性や言葉そのものから生まれるのではなく、〈ある種の鈍感さ〉が必要であり、雅枝や高見のような存在こそがエロス的なものとしてとらえられている。〈快楽が異常で大きければ大きいだけ、侵略されることのない部分が強固に残される〉彼女にとって、〈肉体が与える性の快感〉と〈頭脳や心や精神〉とは対峙する存在である。したがって彼女が日々の感慨を書き付けるのも、肉体の領域の出来事を精神の働きによって反芻し、〈再現〉しようとする貪欲な欲望に他ならない。自らの肉体の上に起こる出来事さえ、冷静な科学者が対象の細部を観察するように記述している。清水良典はこのような態度について、異質の人間が出会い、化学変化のような反応と結合が起こる〈現象を観察、記述する態度〉こそが〈自然科学的であり、さらにいえば、モラリスティック〉（「解説―エロスの化学」『これは懺悔ではなく』講談社文庫、95・4）と指摘している。つまり自分の反応を細部まで見届けようとする探求心に従い、それを言葉で表現しようとする真摯な姿勢を崩さないために、不倫という行為に際しても〈わたしの場合、言葉とモラルは同じ方向のベクトルを持っていた〉という確信は揺るがない。

ところで作品集に収録された「風の白刃」では、夫婦と夫の従妹の不倫関係が描かれるが、この作品でも、夫は三十五歳、妻は一つ下で従妹は夫と同年という設定になっている。川村湊は『これは懺悔ではなく』について、〈三十五歳の女性の妖しく、艶やかな魅力〉や〈エロス感覚〉（「今月の文芸書」「文学界」92・8）を描いた作品集として紹介している。彼女たちはいずれもさまざまな恋愛や人生の体験を経て、疲労感や頽廃を抱えた存在として描かれているが、同時に自分自身の生きられなかった半面を別の女性の中に見出している。それが結果として世間的な常識や倫理と背馳することであったとしても、自分自身の内奥を全て見尽くし、残された半面を生き直そうとする真摯な態度こそ、〈モラル〉の源泉となっている。髙樹自身は三十五歳のときに最初に小説を発表し、この年齢設定が髙樹にとって大きな分水嶺をなすことを示唆している。「これは懺悔ではなく」もまた、中年男女の不倫という風俗小説的な装いの深層に、メタフィジカルな意味を内包している。

（福岡教育大学助教授）

『彩雲の峰』――〈八ヶ岳山麓〉という場所――平野晶子

「彩雲の峰」は、一九九一年五月から翌年の四月まで、「カルディエ」に発表され、一九九二年九月『彩雲の峰』として福武書店より刊行された長編小説である。八ヶ岳山麓を舞台としながら、タイトルの〈彩雲の峰〉は実景としてではなく、物語の最後近く、主人公の祖父である洋画家が晩年に残した一枚の絵のなかに、ようやく登場する。主人公はそれを、〈絶望を通り過ぎた向こうの〉〈雨のあとの彩雲〉と表現する。

離婚の痛手から、祖父の残した八ヶ岳の山荘にひとり暮らすことを選んで二年になる、絵本作家の静香。ログハウスの工房を持つ同い年の恋人薫や、ペンション〈白樺荘〉を営む薫の兄夫婦、さらにその娘で、足が不自由ながら国体の馬術競技の選手である多感な少女蛍ら、地元の人々に親しみながら、穏やかな日々を送っていた。三十歳の誕生日を薫に祝ってもらった冬の日、静香は近隣の〈八ヶ岳美術館〉に、新任の館長代理司桂三がやってきたことを知る。静香は〈隠遁生活の年でもないのに、こんなところでひとりで暮らしている〉司に自分に似たものを感じ、すでに司に親しく接している蛍の強い勧めもあって、新しく美術館に入ったタデウスという作家の〈アウシュビッツでこっそり作られたリトグラフ〉を見ることを口実に、司に会いに行く。

物語の舞台である八ヶ岳山麓の〈富士見郷〉は、実在の鉄道駅名や道路名などで、南麓の小淵沢付近がモデルであることがわかる。小さな美術館や工芸作家の工房が多く、また名馬の産地としても知られる小淵沢は、豊かな自然とともに、画家の山荘やログハウスの工房、ペンション、馬術競技の馬、そして美術館という、この小説の重要な要素を内に収めることのできる特殊な場である。いわゆる農村でも、単なる観光地でもないこのような条件が、静香や司のようなきわめて都市的なキャラクターを大自然の中に無理なく存在させる土台となり、登場人物のドラマが八ヶ岳の四季の移ろいに鮮やかに重ねられていく。ただ作中には実在の地名と、〈みどり湖〉など架空のものとが混在している。〈八ヶ岳美術館〉は同名の美術館が八ヶ岳南西麓の原村に存在するが、場所や収蔵品からは、アウシュビッツを経験した画家コシチェルニアクの版画を展示する小淵沢の「小淵の森フィリア美術館」をモデルと考えた方がいいかもしれない。

美術館で会った司は、四十という年齢より老けこんだ、〈大きく濁った目〉をした男だった。司は〈大自然というものは、悲劇そのものの力というより、悲劇を感じる側の能力を高める〉といい、自然が人間の癒しとなるだけでなく、狂気や〈恋愛感情や性欲〉を生むこともある、と語る。また脳に障害のあった次男を夏の山で死なせてしまったこと、それが未必の故意に近い事故であったことを静香に告白する。静香は司に惹かれ、春の訪れとともに関係を深めていく。そんな時、同様に司に関心を持ち、挑発し続けている蛍が、静香を散歩に誘う。蛍は、静香が司と〈メイクラブ〉したら知らせてくれと願い、〈私には司さんのこと、ぜんぶ教えてね。お願いだから。もし私の言うことをきいてくれなかったら、このみどり湖に沈んでしまうわ〉というのだった。

十七歳という年齢の率直さと、体に負った障害のための強い感受性とを併せ持つ蛍は、性的な意味で司に惹かれると同時に、静香にも惹かれている。蛍は、司と静香がともに纏っている、過去の痛手による一種の虚無と、それゆえの鋭敏な感覚に反応し、家族や学校の友人には抱けないシンパシーを感じている。蛍にとって静香は、恋敵であると同時に、憧れの存在でもある。最初に静香と司を近づけようとしたのもそのためである。一方で蛍は、この土地で育った命として、またその若さからして、八ヶ岳山麓の自然に強く繋がれた存在でもある。それは蛍には叔父にあたる静香の恋人、薫の持つ、〈真っ直ぐな落葉松のよう〉な〈明快で直線的な〉という形ではなく、司や静香が恐れる、人間の狂気をも生み出す激しい力として内包されている。そしてその力は、蛍の性の触発にともない、徐々に司や静香だけだなく、蛍自身に向けて発動され始める。

梅雨の晴れ間の暑い日、静香は、権現岳にかかる雲が尾根を越え沢に落ちてゆく〈滝雲〉を見る。〈どんなに空が晴れていてもやがて雨になる〉しるしとされる、めったにないその雲の動きに突き動かされるように、静香は美術館に向かう。美術館の傍の無人の礼拝堂にいると、突然司とその妻が入って来て、静香はそこで、蛍が司の妻に挑発的な手紙を送ったこと、亡くなった次男が実は司の上司と妻の間の子であったことなどを立ち聞きしてしまう。妻が去った後、静香の存在に気づいた司は、〈ようやく、あなたを抱く機会が来た〉〈私の本性が露わになったあとでなくては、あなたを抱くわけにはいかないと思っていた〉といい、その夜、二人は一線を越える。夏から秋にかけて、司との情事を重ねながら、静香はそれまでの恋人、薫との関係を負担に感じ始める。

一方蛍は、司との性的関係はまだないという静香の嘘を見抜き、司にも静香にもますます挑発的な態度を取るが、国体出場の壮行会の夜、実りすぎた木の実がはじけるように、とうとう事件が起こる。蛍は会をすっぽかして司の元に向かい、自分を抱いてくれとナイフで強要したのち、〈司さんも静香さんも、私に嘘をついた〉〈私が二人をどんなに愛しているかを知ってるのに、二人は私を裏切ったのよ〉といい、部屋を飛び出す。

〈毀れたときに傷つかないため〉に、〈愛し合ってもやっぱりひとり〉だと考える静香は、〈怒ることも人を愛することも生きることもできなくなって、虫がくった白樺の幹のようにぐらぐらしている〉司と、明らかに同じ世界の住人である。お互いの空虚を、司と静香は激しい性愛で埋めているが、一途な蛍はそんな二人のありようを認めない。秋から冬の季節の深まりとともに、静香は逃げるように東京へ帰るが、居場所はない。

年明け、山荘に戻って来た静香のもとにあらわれた蛍は、最後の賭けとして、司と静香の愛に生気を吹き込むためのぎりぎりの嘘、〈司さんに抱かれた〉という嘘をつく。それでも反応しない静香に、蛍は〈愛って、そんなんじゃない……痛いくらい熱くって……いのちが失くなってもいいほどの……〉と訴え、その言葉は、〈静香にとってもっとも辛いところを抉〉る。数日後、蛍は真意を綴った日記を静香に残し、春近い〈みどり湖〉に入水自殺する。春の息吹が見え始めた蛍の四十九日法要の日、司は〈……動き出してみようじゃないか〉と静香に語りかける。

タイトルの〈彩雲の峰〉の絵は、蛍が最後に静香のもとを訪れた後、大雪で山荘に閉じ込められた静香が、電話で司と語らうシーンに登場する。静香は祖父が一番気に入っていたこの絵を、自分の気持ちに重ねて〈絶望を通り過ぎた向こうの〉〈雨のあとの彩雲〉といい、司も〈この世の出来事を諦めたら、雲があんなふうに輝くのかもしれない〉という。が〈彩雲〉は〈滝雲〉がそうであったように、人間を動かす自然の力の比喩であり、この後に起こる蛍の死を通じて、二人は絶望を通り過ぎ、〈この世の出来事〉のなかで動き出す者に変わってゆく。重い過去による大きな虚無を抱えた二人が、蛍の望んだような、〈私の恋を諦めさせるほどの、二人の情熱〉を再生できるかどうかはわからないが、〈動き出してみようじゃないか〉という言葉は、それまで何もしないことで周りを傷つけてきた司の大きな変化を示している。またこの絵はおそらく、タデウスの暗いリトグラフとも対応して、人為の悲劇とその虚無を含みつつ、それをこえて、八ヶ岳の自然の色彩に突き動かされる人間の姿を暗示する。「彩雲の峰」は、八ヶ岳山麓という場所が持つ強烈な自然の力で、変化していく人々の物語である。

（昭和女子大学短期大学部講師）

『湖底の森』――その象徴のみごとさ――中田雅敏

髙樹のぶ子は、昭和二十一年四月九日に山口県に生を得ている。昭和五十五年に発表した「その細き道」が芥川賞の候補となり、その三年後に「光抱く友よ」で第九〇回芥川賞を受賞した。髙樹のぶ子より二十年後に生を受けた向田邦子は、昭和五十六年に「花の名前」「犬小屋」などの短編小説で第八十三回直木賞を受賞している。二人とも同時代に活躍した短篇小説家である。同時に二人に共通するものは、人生の断面を鮮やかに切り取る冴えを見せる手法である。その作風は極めて真率な作風と評してよいであろう。

作家活動に入った時期が四四歳であるから遅咲きの桜ということもできる。それ故に、作品は極めて繊細で、ぬくもりのある作風といえる。一見平凡なストーリーの展開にも読後の思いは爽快さと親しみが残り、心地よい結末といえる。そういう意味ではストーリテーラーと称される作家といえる。短編小説を描いて、こうしたしみじみとした味を含む作品はそうざらにはあるまい。言わば壮年を迎えてからの作家生活、人生の苦難も粋も甘いも噛み分けることを覚えた年齢で作家としてスタートを切った。その福分が余す所なく発揮されたと言ってよいのではなかろうか。同時にそれは、女性として、女性性を描くのには最も適した年齢であったかも知れない。成熟した女性、成熟した感性、完熟した肉体、そうしたものから紡ぎ出される髙樹のぶ子という独特の人格に支えられた作品は、危うい所を描きながらもそこに謎を残すのである。

一種のミステリアスなゾーンを形成しながら物語は展開してゆく。もっともあからさまに性を描く年齢でもあるまいが、さりとて老境に入ったばかりとも言い難い。中年女性の羞らい、とでも言うべき部分がミステリアスの中心となっており、謎解き小説ともなっている。恋愛小説は一般に男女の情愛の世界に限定されようが、髙樹のぶ子の描く世界は、「大人の愛」といえようか。だからあからさまに性愛の部分は明示しようとしないのである。いかにも持って廻ったかのような表現である。

戦後文学の生んだ新らしい小説型態のひとつに風俗小説といわれるものがある。丹羽文雄、船橋聖一、石坂洋次郎を有力な担当者とするこの文学は、通俗的な純文学として昭和二十四年頃に最初の流行期を迎えている。最初の流行としたのは、この小説がやがて昭和四十年代に再流行することになるからである。戦後から昭和二十四年までを第一期としたのは、敗戦を契機に抑圧されてきた社会風俗を描くことを基調としていたからである。

髙樹のぶ子という作家は、この風俗小説の影響を受けて成長した。これは年代としての論であるが、敗戦直後に生を得た世代は、多かれ少なかれ、その成長の過程で風俗小説に親しく接して来た。人間の内面を描く補助材的な役割りとして、この時期以前にも小説の中で行なわれていたが、小説のテーマそのものに社会風俗を描くことができるようになるのは戦後のことである。第二期風俗小説といわれるものが昭和四十年以降のことで、次第にフィクション性を強め、読者の興味を惹くものに変化していったのであった。やがてマスコミの発達に従って、今日の雑誌小説や月刊誌の小説形態となり、それは社会性や、社会生活を描く本来の持つ意味を離れ、現在では社会の生態を描く通俗的な軽い読み物を指す言葉となっているが、髙樹のぶ子の小説を端的にいえばこの系列に属する作品群ということができる。

風俗という言葉は、射倖心をそそる遊技や遊興を指す言葉ともなっているが、その時代を特徴づける事象を指す場合もある。小説でいえば、作者の批判精神や思想が作品に反映することなく、単にその時代に生きる人たちの生態を描き出すことに重点が置かれ、世相や食住の様相を一定のスタイルで描いた作品を述べる場合が多い。髙樹のぶ子の描く世界はまさにそのような軽いタッチの後味の良いストーリーが巧まざる効果を発揮しているのである。「湖底の森」という作品も男女の愛（時にはセックス）を軽いタッチで描き分けている。〈彼はエゾシカの体が、一度沈んだのち一週間後に浮かび上がり、再び沈んだあとは二度と浮上しないことを知っていた。湖底の森に掴まり、湖底の住人となるのだ〉という一説にこの小説のテーマは集約できる。また物語冒頭の〈二万年前の火山の噴火で川がせきとめられて出来たと言われるこの湖は、いまでこそ道路が開通し、湖畔に旅館が二軒も建っているが、大正時代までは誰もその存在に気がつかなかった〉という表現も物語の主人公吉岡の生き方を象徴している。同時にこの湖に棲むオショロコマという魚についても亜希子の存在に通底するものを見ることができる。〈火山の噴火で水流が堰きとめられて湖が出来たために、本来海に下るはずの種類が湖を海とみなして特殊な進化をとげたもの〉という魚は、海という大海があることを知らず、この湖をすべての世界と思い込み失踪した久美という女性の在り方を暗示していることは確かである。このようにすべての結末を湖底の森で象徴的に描き、あからさまに表現しない手法は、まことに見事といわざるを得ない。

一九九三年二月に『文芸春秋社』から刊行された『湖底の森』には八篇の短篇が収められている。いずれも恋愛小説といえるが、それは近年多くの小説が描くところの男女の愛欲の世界ではない。この世に男女という性別がある限り、そこで展開される出会いという愛と別れは星の数ほどある。だが人が人を愛し、やがて別れが来るという束の間の幻、夢のように儚い世界、「もしや」とか「或いは」というような、読者を夢想させる境地へと誘なう筆致には兜を脱ぐよりほかはない。「言わず語らず」というと小説にはならない。だがその「言わざるところ」を残すところによって読者に余白を提供する。その余白が読了後に甘いかすかな余韻を提供するとなれば、髙樹のぶ子の小説は絶品でもある。

恋愛を甘美なもの、哀切なもの、として描く作家は数少なくなっている。その多くは性愛の部分だけをどぎつく描くことで読者を獲得している。現代はそういう時代である。すべてを言葉にせねば理解できない。恋愛もまた性的描写をどぎつく描かねば理解できない。そういう世代が増えている現代に、髙樹のぶ子の作品はさわやかな余情を残してくれるのである。たぐいまれなる筆力と言えよう。

俳句作品が僅々十七文字で多くの感情を伝えることができるのは、当季の感情を表現する季語を重用《ちょうよう》することにある。季節を表わす季語を適切に、最も効率よく、最も象徴的に使うことによって、その場に座すものや、その作品を読むものに、詠者の感情を言わず語らず伝えることができる。梅桃（ゆすらうめ）、桐の花、メロン、スイカズラ、紅葉、これらは文春文庫の『湖底の森』に収められた八篇の短編に用いられた自然である。いずれも俳句の季題、季語でもある。これらの物を用いて主人公の揺れる記憶や、封印された過去を象徴させる手法は見事なまでに俳句の詠法に近い。この象徴性が読者を同じ世界に導くことができ、共感を持つことが可能となるのである。たとえば「桐の花」という作品についてその表現を見てみよう。

病後の節子は寺の裏山の桐の木が殊更に好きであった。今日もそこまで足を伸ばして桐の木の幹に手を置いていると、自分と同じ年恰好の男が画帳に桐を写し取っていた。ここからこの男と節子の日々の出会いが始まる。だが男は空を飛んだり、桐の枝から花を降らせたりする。その桐の描写がいかにも性的な感覚描写ではあるが、桐の花の特徴をしっかりと描写把握している。時にはそれ故にはがゆさも感じられるが、この描写法がミステリーとも叙情詩ともショートストリーとも取れる不思議さを醸し出しているのである。

（八洲学園大学教授）

『氷　炎』──氷見子の行方──

古郡康人

1、洛北の東と西、二十年を隔てた恋

松戸光介の勤務する大学に、二十年前の恋人佐藤氷見子が同僚として赴任することで、〈焼けぼっくいに火がつく〉ように二人の恋が再燃する。この焼けぼっくいは、しかし〈内なる水脈を充分に保持した木〉であり、〈消え残ったままの火は同じ熱さで長い年月、執念深いウイルスのようにこの体内に巣くい、生き続けている〉ものであって、二十年の歳月は決して空白の時間ではなかった。それはやや唐突ながら、執刀医と患者として手術室で再会し、その恋に殉じて自殺する高峰医学士と貴船伯爵夫人の九年間が決して空白の時間ではなかったことを想起させる（泉鏡花「外科室」明28）。

むろん「外科室」の二人は、九年前に小石川植物園ですれ違い見交わしただけであり、一方「氷炎」の二人が二十年前に性愛にも至っていたという違いはある。おそらく鏡花「外科室」の背景には、若き日の柳田国男が〈一目見てはや恋しきは此世なるゝにしのみにはあらじとぞ思ふ〉（明28）と詠み、夏目漱石が「趣味の遺伝」（明39）でただ一度出会った男女相愛の因縁を互いの先祖の相思に求めたような、前世を肯定する心意があろう。興味深いのは、こうした一目惚れなり前世について「氷炎」でも言及があることで、語り手は〈ひと目で惚れたよ

うに見えても、そこには当人たちが記憶しない無言の探り合いや読み合い、心理的な冒険がなされる時間が存在するのである〉と言い、光介は〈自分と氷見子にとってこの二十年は、人の一生を隔てたほど長い。氷見子にとってもそうだということが自分にはわかる。だから氷見子がこの大学に現れれば、恐らく、生まれかわって別の世で出くわしたように、あっけらかんとした笑顔を交わすことになるだろう――〉と考える。

鏡花や漱石とは異なり、「氷炎」では、一目惚れの因由も隔絶した過去も、前世まで溯ることはなく、〈こうした逡巡の時間を二十年も昔に終えてしまい、愛情が社会的な生きものとして成熟こそしなかったが、地下水脈のようにお互いの人生の底に流れていて、後に偶然にも二つの流れが触れ合う〉、その行方をむしろ追究する意思が強固にあるようだ。東岸に光介が住む高野川と、西岸に氷見子が住む賀茂川と、洛北の東西の川はＹ字に合流してやがて鴨川となるが、落ち合った二人の恋は、ではどこへ流れていくのだろうか。

2、光介と氷見子、その二人妻と二人夫

二十年の歳月に、光介と氷見子はそれぞれ結婚して妻や夫をもち子を儲けた。したがって再燃した二人の恋はいわゆる不倫であり、そこでは《松戸雅子＝松戸光介＝佐藤氷見子》という光介をめぐる二人妻と、《佐藤武雄＝佐藤氷見子＝松戸光介》という氷見子をめぐる二人夫と、二つの三角関係が生れる。他に、彼らの娘による《松戸香津子＝森田清次＝佐藤佐和》という二人妻と、化野念仏寺の僧浄現にまつわる《浄現＝路乃＝路乃の夫で浄現の弟》という二人夫の関係もあって、二人妻／二人夫は、この小説の人間関係の基軸といってよい。

さて、交通事故をきっかけに、香津子と森田が愛し合うようになり、もともと森田の恋人であった佐和が絶望して自殺するに至る間に、松戸・佐藤両家の夫婦関係には決定的な亀裂が入っていく。このとき、武雄は氷見子

の苦しみに無理解な夫として、一方、雅子は夫の光介をして〈君ほど優れた妻、主婦、母親はいない〉と思わせる存在として対照的に描かれる。ここでは《雅子＝光介＝氷見子》の関係を見てみよう。

雅子は、夫が若き日に氷見子となんらかの交渉があったとは承知しているが、氷見子の着任により家族ぐるみの交際が始まっても、嫉妬する様子は見えない。そのありようは、「伊勢物語」二十三段後半の、河内の新しい女のもとへ通う夫を嫌な顔ひとつせず送り出す妻を想起させる。念入りに化粧し〈風吹けば〉の歌を誦して夫の身を思うその姿を垣間見た男は妻のもとへ戻り、河内の女は、打ち解けたあまり自ら飯を盛って、男から愛想尽かしをされる。氷見子はその河内の女に当るわけだが、若い女としてのかつての傲慢さを反省し、光介を傷つけたと罪悪感をもつ女として登場しており、同日の談ではない。また、雅子に嫉妬の情が無かったともいえず、「男はいつだって佐和さんのような、いえ、氷見子さんのようなキラキラした女性に魅かれます。まるで磁石のように男を魅きつけます。でもまともな男なら、その限界がわかるものです。そんな火のような女と、一生つきあってはいけないことを、悟るものです」という舌鋒は、娘香津子を案じる真情と一体となって鋭い。

とはいえ、六条御息所のような、激しいうわなりねたみ（後妻嫉妬）の発動は、雅子と氷見子の間に少なくとも露呈はしなかった。雅子はあくまで妻と母としての名誉に生きようとし、氷見子もまた、死をもって佐和との一体化をめざす母として、その帰結を見据えた上で光介との恋に生きるのである。

3、母と娘、伝承の時空へ

「氷の中に火を閉じこめると、とんでもないことになるのね」と氷見子が語る「氷炎」は、火と水のメタファーに彩られた作品である。この火と水は、作品の舞台となった京都の土地と無縁ではないように思われる。

たそがれどき、宝が池の国際会議場から自宅のある西賀茂へ車を走らせていた氷見子は、深泥池のあたりで〈水と泥と草が腐ったような、生あたたかい匂い〉を嗅ぎ、大田神社の近くでは黒い人影が目の前をよぎるのを幻視、賀茂川を渡るときには〈今日こそ、娘を帰して下さい〉と〈神に祈った〉。上賀茂は両親と住んでいた地であり、このとき祈願したのが、川を渡る手前の右手にある上賀茂神社の神であったとしても不自然ではない。しかしその祈りもむなしく、この夜、佐和は〈両手首をかみそりで切り、千枚通しを右脚の付け根につき刺して〉自殺した。翌日自宅に遺体を引き取ったとき、氷見子は意識の遠くなるのを覚えて、深い草に覆われた沼から の赤子の泣き声を幻聴する。佐和の泣き声だと飛び込むと、〈体が埋まった。腰から胸へ、胸から首のあたりまで沈んでそこでとまった。そのときになってその沼が、深泥池だとわかった〉。

ところで佐和は、交通事故で重症を負い、左目を失明していた。柳田国男は、左目を傷つけられて祀られるようになった鎌倉権五郎や蛇の話などを紹介した「一目小僧」（大6）で、〈神の眷顧の一目の者に特に厚かつたこと、従つて神人の仲介者には成るべく斯んな顔の人を択ぶ習ひのあつたことだけは、推論してもあまり無茶とは言はれまいと思ふ〉と述べた。深泥池は、説経「をぐり」では鞍馬参詣の途上の小栗を見初め、美女に変身した大蛇が棲息していた地である。上賀茂神社は、賀茂川を流れ下ってきた丹塗りの矢によって懐妊した玉依姫が生んだ賀茂別雷を祀るが、別雷はやがて天に昇った雷神であり、したがって火と水を司る神であるといってよく、柳田は〈雷を一つ目と想像した近世の例〉に言及してもいた（「目一つ五郎考」昭2）。また、深泥池を鞍馬街道で北上したところに、賀茂川の水源を守る神を祀る貴船神社はあり、この貴船で氷見子は佐和のあとを追うのであった。

深泥池――蛇――一つ目――雷――上賀茂神社――水神――貴船神社、といった連関から浮上する伝承の彼方へ、氷見子・佐和母娘は遡行していくように、私には思われる。

（静岡英和学院大学教授）

『熱』――〈結婚〉という臨死体験―― 大坪利彦

○クロノロジー　物語がクロノロジカルに書かれていることには意味がある。女性の生態を時系列で辿るのは、帝紀でも列伝でもない無名の女の一生を〈物語の女〉として造形していくためのストラテジーだ。例えば、セックスの受容について理念的にも感覚的にも微妙で飛躍的でもある変容を過不足なく記述するためにはクロニクルの必然性がある。〈わたしは心が熱しきらなくとも体が得たいと欲するものは、きちんと手に入れることが出来るだけの女になっていた。〉本来断片的で自己同一の困難な記憶と現在とを統辞しようという欲望がある。統一体整合の欲望を抱くことは〈失われゆくもの〉へのノスタルジアで、これは時の経過と自己との乖離という事実を前提としている。無常という抗えない〈失われゆく〉リアリティを前にしてこそ人間のイマジネーションは働く。人間の生（性）に消長がなく喪失の機微を感取出来ないなら、人間は芸術を生み出さないのかも知れない。神は何も創造しない。〈わたしがもし多情多感と呼ばれる人間なら、目に見えぬ物質のせいだろうと思ったり、ならば人が神を信じるのも何かの物質のなせるわざなのか〉という見方に、物質へと還元されていく思考（無常）によってこの世界が成立していることを確認しているようだ。女の一生を編年体風に叙述していく場合、あらゆる現象に物質を見る行き方は逆説的に物質が本質的要素ではないことを証明している。クロニクルは最終的に〈終焉〉（死）を書きたい意志である。人の〈死〉は物質ではあり得ない。**○夢の美醜**　〈夢は毎回違っていたのに、目覚めた直後は、また同じ夢を見た、と嫌な気持になった。〉愛する相手を可能な限りのパラメーターで捕捉し、最善から最悪までの予断や予見を伴う場合、日本人の思考回路は暗く湿りがちになる。緑は既に何度かの嫉妬による夢魔の疑心暗鬼から海里との破滅的なイメージを心象化しており、イメージされた何割かは既にリアリティがあるとするなら、この夫婦には破局が織り込み済みである。緑のアンチアイドル化を自然で本質的と見るのか、故意に差異化されていると見るべきか。〈美人ではない〉女性が〈美しくない〉行為を形振りかまわず周囲に撒き散らしていく。（美醜／知愚）のディメンションによる人間存在値を表す座標軸を仮設するなら、造形されたすべての作中人物はそのどこか一点にデジタル化されてしまう。それは生身の人間もその数値評価から免れ得ないことを暗示している。人間は自己の原点座標を確定しようとする誘惑から逃れられない。現在の自分は世を偲ぶ仮の姿（貴種流離）であり、本物の自分はこんな薄汚れた世界の（今、此処）には住んでいないというクローズド・サーキットの陥穽だ。この作品が、緑という女性の自己形成物語（教養小説）の異本であり、クロノロジカルな物語進行とも符合しているのは、やがて〈美しくなる〉可能性追求のモメントに因る。最終章の〈夢〉とも〈現実〉ともつまり緑の脳内における出来事とも現実世界内の出来事とも受け取れる場面で、「臨死体験」のような調和還元した世界観を呈示して、クロノロジカルな物語のフラッシュバックにもなり、逆説的に言うなら時間概念を超脱した「終焉」（死）を描いて印象的だ。**○愛のタゴール**〈夢の中から摘み上げられて、別の夢の中にぽとんと落とされて、いま列車のシートの中に海里と並んで腰かけている〉〈夢〉も〈現実〉も渾然一体となった生の変遷を表出するモンタージュは、やはり存在の希薄さや不安や寄辺なさによって生み出される感覚である。〈ありえない、ありえない、って思っていると、本当に何もかも消えてしまうかもしれないわね。〉この認識を支える状況設定とそれに伴う男女の印象とが、タゴール晩年の詩集『シャモリ』の一篇に酷似して普遍性がある。〈夜のすべての星はある昼間の光の深みのうちに〉〈タゴール〉男女関係におけるイニシアチヴのとり方、交換される主題も同様で、男と女とが二人の愛のメモリーを既にその不在〈あるいは存在〉を証明しようと互いに詰め寄る。○〈熱〉量保存の法則 〈表と裏って、繋がっているのね〉コインの裏表とは〈切り離せないもの〉の意味だが、ここは肉体上の感覚の表現なので身体の表裏に置換されるなら、結局〈一体感〉について述べていると考えられる。通常男女における一体感だろうが、ここでは二人の女性における一体感を〈表と裏〉と表現している。この感覚の理解は特殊で、こうした状況にある緑のような鋭敏で仮託癖のある女性にしか分からない。筒井康隆の小説〈七瀬三部作〉の「エディプスの恋人」に、母親が自分の息子の童貞喪失に際して、自ら選んだ女性〈七瀬〉のエクスタシーの瞬間に入れ替わるという場面がある。母親は神であり、神の意思としてやがては神の後継者となる息子を温かく見守りながら帝王学を与えている。女性経験も帝王学の一つだ。その〈一体感〉を我が物として受容し尽くすことの出来るのは神ならぬ女性の特権なのである。感覚活動という〈波〉だ。〈波〉の意思は〈月〉による意思の反映に他ならず、〈月のもの〉によって支配されている〈女の波〉を捕捉することは難しい。今まで純潔の神聖物のように描き守られてきた緑に接して、読者は特に男性読者は純情にも作者と一緒になって寧ろ作者以上に懸命に彼女の貞節をガードしてきたが、それは作者との共犯関係を遥かに越えた男性原理的なストーリーを完遂させようとする願望にも似た読書行為で、緑と男性読者とは安定期を迎え、安心と快いマンネリズム、幾分の食い足りない幸福感に満たされていた訳だが、やはり女性の描くヒロインへの仕打ちは計り知れない。一つのオプションを行う作家の特権は〈こう読みたい〉読者にとっての苦痛でもある。芸術には〈裏切り〉が必要だ。男性読者を〈大衆〉と呼び換えるなら分かり易いが、〈大衆〉のステレオタイプな感受性や感情移入にチャネリング出来ない。〈いずれもわたしと海里の関わりからは外れていて、そうしたまなざしや理解は考えただけで鬱陶しかった。〉緑は誰にもプライバシーを話さないまま理解不可能と忌避するのは、この小説の〈語り〉にとって重要な影響をもっている。それは緑における周囲への不信感、無理解への物足りなさが、そのまま読者にもスライドされてくるからである。緑の〈語り〉は読者に届かない〈語り〉だ。これは「小説」であるが、本質的には「日記」である。〈語り手〉が自らと対話するために必要とされた「私信」なのだ。

○「ごっこ」と「本番」

クロノロジカルな物語の〈終焉〉（死）の準備が始まっている。個体の衰えが関係の衰退へも繋がっていくのだが、時間の推移と身体の変化とを繋ぎとめてきた性愛における同一性が、緑の自己形成を促す原動力であった。性的な〈快／不快〉の差異を体感出来るようになることは簡単ではない。三角関係における男の死をめぐって物質的な問題〈経済差別〉は比較対象となるが、愛する男性の〈死〉を悼み泣く理由〈愛情差別〉を損得計算する無理式で、男の〈死〉を肉体化現実化して自らに痛みを与える行為。自己韜晦的な言辞を敢えて口に出すことで、自分の存在を確かめるより逆に〈疑う〉という問題の立て方。こうした逆説的な問題提起こそが、自分をそして他ならぬ自分の生〈性〉の身分証明であり続ける愛する男との関係性を鍛えていく。〈疑い〉を排除する関係は〈恋愛ごっこ・結婚ごっこ〉に過ぎない。この作品に第一章と第二章とがワンユニットで存在している理由。つまり第一章は「ごっこ」として、第二章はもはや〈ごっこ遊び〉でも〈オママゴト〉でもない「本番」として緑の生き様を〈死〉へと接合していく。〈ごっこ遊び〉では〈死んだ真似やフリ〉をするだけで、〈真似・フリ〉だから時機をみて生き返ることが出来る。「やり直し」も利く。第二章には緑と海里との「やり直し」が描かれた。しかし第二章に「やり直し」はない。第二章はリハーサル後の「本番」で、緑と海里の〈ほんもの〉〈原点座標〉の関係が描かれているのだ。〈ほんもの〉の行方って何だろう。もう二度と再びやり直したり繰り返したりのない世界〈サドンデス〉である。

（宮崎産業経営大学助教授）

『蔦燃』——佐藤　泉

高樹のぶ子のヒロインには「冒険したいお嬢さん」の面影がある。高樹には「夢みるダイバー人形」というエッセイがある。いうまでもなくセルジュ・ゲーンズブール作詞作曲になる「夢みるシャンソン人形」をもじったタイトルだ。ほんとうは男の子なんて知らないのに私は恋の歌を歌う、というシャンソン人形の歌詞は、何も知らないのに背伸びをする女の子、あるいは早く恋を知りたい女の子の気持ちを、大人の男が描き＝客体化し、舌っ足らずな発音で女の子に歌わせる＝主体化するという趣向で、ロリータ・コンプレックス男性の複雑な欲望をいかんなく実現したフレンチポップスの名作だった。その含蓄深いタイトルを、ダイビングを趣味とする高樹が借用したわけである。周りから十重二十重に保護されているからこそ自分の生命を自分で護るしかないギリギリの孤立感というものを味わってみたい、そのために自分のほんのわずかなミスによって死ぬことができるダイビングの「自己責任」感覚に惹きつけられるという趣旨だ。自由に海を泳ぎ回っていると思っているときにも、やはりどこかから護られているのだろうか、と満ち足りた不満を語る少女のふぜいが微妙にそそる。家父長的保護主義に対する反発は八〇年代半ばの文章に現れた感覚としてきわめてまっとうである。が、まもなく「改革」風潮が日本社会をも覆うに至り、いまや私たちはそう望まなくとも「自己責任」を強いられている。振り返ってみれば父や兄たちや夫に大切に護られながら冒険を夢みるお人形さんの境涯はおおいに結構だった。

芥川賞を受賞した一九八三年の作品「光抱く友よ」は、箱入り娘・優等生タイプの主人公が、すでに大人の女の香を漂わせている不良っぽいクラスメートに惹かれるという設定、八〇年の「その細き道」の主人公は二人の青年に妹のように愛されながら一方の兄を裏切りもう一方と性を経験する。お嬢さんの踏み外しは常に性愛経験という危険な一歩に関わっているのである。性の秘密から隔離され護られていた子どもがひそかに女になりたい願望を抱き、またひそかに女になってしまうというのは、保護者の純白主義的世界観に対する裏切りに他ならない。ゆえに作品は性の衝動に屈し保護者を裏切った不貞のカップルが、その後も永遠に十字架を背負う決心をする、という倫理的な主題を描くことになろうだろう。三角関係、裏切り、原罪意識という筋立てで倫理的主題を描くというのは、夏目漱石以来の古典的な枠組みであるが、その場合の原罪というものが女の性衝動に関わっていることをはっきりと語った点で、初期髙樹作品の功績を低く見積もるわけにはいかない。その後のヒロインは、年齢的・性的に成熟し、実際に破滅的な衝動へと踏み外しもするが、そのときでさえ、彼女たちはどこか箱入りのお嬢さんの面影を宿しているし、またその表情を残すかぎりで、彼女たちの体験する破滅的な性愛の描写との間のコントラストも際だってくる。そしてそのコントラストにおいて、性愛が倫理のテーマから切り離されることはないし、男性のお嬢様幻想を裏切ることもやはりない。

さて、『蔦燃』は初期の倫理的三角関係小説から一〇年を隔てた一九九四年の作品で、島清恋愛文学賞の第一回受賞作となった。法律家の夫を尊敬し幸福で安定した結婚生活に満足している若妻が、夫の腹違いの弟の脅迫と誘惑に屈して、彼と破滅すれすれの情熱で抱き合うという設定である。この作品は興味深い。夫は法律家だけに秩序を疑うことなく、ゆえに妻の踏み外し願望に対立する保護者的存在であり、これに対し義弟は暗い影をもつばかりか〈カッとして狂気に走るところがある〉という危険をたたえている。三角関係小説であり、秩序を裏切り狂気を選ぶ不貞カップルの恋愛であるが、にもかかわらずこの構図をもってして従来の倫理的テーマに向かわないのだ。結論からいえばヒロインに隠し事はあっても内面はなく、生理はあっても倫理はない。そういうものは漱石にでも任せておいて、徹底的に性愛と恋愛の物狂おしさに執着してみようという試みなのだ。「蔦燃」という題名は、元裁判官である夫の父から譲り受けて新婚生活をすごした家のレンガ壁に絡んだ蔦が、秋には朱茶色に染まって炎に取り囲まれたように見えるという光景から来ている。

『蔦燃』は〈わたし〉＝友江真砂子が、かつての一瞬の奇跡のような、あるいはすさまじい暴風のような背徳的恋愛を回想した物語である。〈わたし〉は五歳年上の有能な弁護士・友江光司と結婚し九州の小都市に住んでいる。夫の家は法曹一家で、義父は高裁の長官を勤めてから野にくだった弁護士である。公序良俗の象徴のごとき家に嫁いだことを誇りにしていた〈わたし〉のところに、田島末次郎と名乗る見知らぬ男が訪ねてくる。謹厳な法律家である義父・友江房治はかつて若いころ、妻以外の女性と関係し、彼女・田島水津江が一子を生んだのちに別れた。その後も義父は考え得るかぎり「誠実」にこの母子の面倒を見てきたが、そのために罪の意識からは解放されている。その子が成長して〈わたし〉の前にやってきたのだ。田島末次郎は、精神を病んだ母親の世話をしながら三十歳になっている。友江家の偽善に対しくすぶった怒りを抱いている末次郎は、余所からきた嫁として友江家の周縁にいる〈わたし〉に近づき〈わたし〉を〈人生の脇道に強引に連れこもうと〉するのである。末次郎は〈わたし〉を強迫し、〈わたし〉は強引な悪の力に屈したという体裁において彼との関係におぼれるが、二人には兄＝夫を裏切っているという罪の意識はきわめて薄い。法手続的に誤りなき家に育った夫は、あまりにまっとうで裏がない。義弟の屈折も理解しないし、そのため義弟と妻の関係を疑うこともない。三角関係の一角がこうした男であれば、そもそも裏切りや原罪意識といった、「内面」的な主題は立ち上がってこないのだ。

したがって夫は寝取られ男ではなく、逆説的なことに受益者である。〈わたし〉はまっとうな若妻ながら、過去の一時期には画家とＳＭめいた関係を持ったこともあり、義弟に惹きつけられるのも後ろ暗いものに耽溺する資質ゆえである。義弟との不倫行為を思い浮かべながら夫に抱かれ、その想像によってより挑発的になった〈わたし〉は夫を性的に満足させる。〈人間の性というものは、相手を裏切ることで相手を幸福にすることさえ、実際にはあるのである〉。〈わたし〉は自分の内なる性の力によって自尊心を傷つけられつつも自己発見を果たしているのである。すると「内面性」や倫理的主題を担いうるのは、おそらく絶望を抱え込んだ義弟だろう。兄＝夫は色白で肌の柔らかい末次郎の母親に一時おぼれた父の好みを受け継いでいる。末次郎もまた父の趣味を受け継いでいる。だから末次郎は、兄と同じ好みによって色白の〈わたし〉を誘惑する。そこまでは問題ないが、末次郎は見捨てられた母親をなぐさめてきた、すなわち母子相姦を続けてきた。それが彼から生きる力を根こそぎ奪っていた。本当に絶望したものには〈たったいま、このいっときを捨てちゃっているから、せめて明日、どこまで生きようとか、一週間後、どうやって過ごそうということが考えられない〉。だから自分の死に方さえも考えられない。それが〈絶望〉なのだと彼は言う。が、母親ではない幸福な色白の女を手に入れたとき、それまでの暗い平安を彼は失う。生きたい、と思うようになったことが怖ろしいというのである。

二人の関係は〈わたし〉の幸福のために彼が立ち去ることで終わる。女のために静かな気持ちで死ねる騎士が、冒険したいお嬢さんの安全を護るのだ。初期の三角関係にあっても、裏切り裏切られるという倫理の主題を担っているのは実は男だった。女はその傍らで自らの性を発見していたのである。髙樹のぶ子の書く三角関係は、やはり男性作家のそれとは違うことが、この場合にもはっきりと確認できる。

（青山学院大学助教授）

『水脈』――救済としての〈循環〉――安藤恭子

〈水〉に沈む言葉　髙樹のぶ子『水脈』は、「浮揚」「裏側」「傷口」「消失」「月夜」「還流」「海霧」「節穴」「青池」「水卵」の十篇からなる連作小説（「文学界」93・5月号～94・11月号に連載〈94・7月休載〉。95年、文芸春秋から単行本化の際、書下ろしの「節穴」を収録）である。いずれも、〈わたし〉を語り手とした一人称小説であり、〈わたし〉を「作家」で四〇代後半に設定し、作者の経歴、趣味と符合する記述も随所に登場するため、作者＝〈わたし〉であると読者を誘導しているようにも読める。そうした等式が読者との接点ともなる一方、第一作目「浮揚」の冒頭部には、そうした等式の単純さを拒絶する記述もなされている。

ときどき原稿用紙の枡目が水中に下ろした梯子段のように見えてくるんです。深みにむかって一字一字体を沈めていくでしょう。……そうすると苦しくなって突然とび上がる。手足をもがきながらね。でも浮き上がってみると、そこにまた次の行が待っている……。

〈水〉にちなんだ小説群は、水中に沈み浮かび上がった言葉によって語られる。〈わたし〉はそのとき、ゆらぎ、めぐり、侵し、侵されるものとなって、確たる個であるという幻想から解き放たれるだろう。「傷口」には、次のような一節もある。

私小説が嫌いな作家が自分の過去の一事を扱おうとするときに起きる困った現象がわたしにも起きていた。

埋もれた過去をとりあえず忠実に掘り起こそうとすると、地盤は液状化現象を起こし、とろとろに溶けてしまうのだ。

〈わたし〉は、時空間を液状化し、〈わたし〉そのものを液状化しながら、知りえないもの、隠されたもの、失われたものを、現在という文脈の中に浮上させる。〈わたし〉の言葉は、個を超えて生きられた〈記憶〉の〈水脈〉に浸され浮かび上がり、前後や遠近というようなありきたりの物事の布置を押し流しながら、現在という文脈がその〈水脈〉の中にあることを示す。生命ともエロスとも言える〈水脈〉のエネルギーが、十篇という断片の個々に奔騰し、また、それらを一つの流れとしてつないでいくのである。

隠され／暴かれる〈水脈〉では、〈水脈〉とは、具体的にどのようなものとして語られているだろうか。〈秘密〉〈エロス〉〈記憶〉〈破壊〉〈生命〉〈循環〉という六つのキーワードを挙げながら考えてみたい。

〈秘密〉とは、まさに隠されたものであるが、それは同時に暴かれるものでもある。たとえば、「裏側」における〈秘密〉は、〈わたし〉の祖母と、絵師・円九郎との情事である。幼い頃、〈わたし〉が妹とともに山の穴を探検していて発見した滝の〈記憶〉を、妹はもはや失っていた。母の〈記憶〉もあてにならない。〈時間の流れの中に長い長い記憶の水藻をゆらゆらとたなびかせて、前へ前へと進んではいるのだけれど、急に思いついて過去を手繰り寄せたりしようものなら、身内同士お互いを否定しなければならない〉〈真実というものは、用心ばかりしていては手に入らない〉と言う〈わたし〉は、円九郎の描いた山水画の滝を見つめ、さらに絵の中に入り込み、滝の前に立つ。その滝の裏側で、祖母と円九郎は逢引していたのである。〈このひとの血、私の体に流れてる？〉という〈わたし〉に、祖母は、〈わたしにもわからない〉と答えた。

ここで〈水〉は、祖母と円九郎との関係を隠すものであり、隠すことによって、現実の目に見える関係性が実は世界のほんの一部でしかないことを明らかにするものでもある。〈記憶〉はさらにその一部をつぎはぎしながら一つの因果の流れを作っているが、時間の流れという〈水脈〉の中で、複数の〈記憶〉は対立しながら並存している。こうした中で、〈真実〉は〈秘密〉の暴露というかたちで語られるのだが、しかし、その暴露はあらたな〈秘密〉を生むものでもある。つまり、これまで信じられてきた〈わたし〉の血脈という一つの流れが、実は単なるフィクションであり、〈水〉の向こうでは否定されているかもしれないのである。その〈秘密〉を隠していた滝のエネルギーに仮託しながら、〈落ちてくる水を途中で止めることなんて出来ない〉と〈わたし〉が言うように、家を没落させた大きな原因かもしれない祖母の情事は、〈エロス〉という〈破壊〉のエネルギーであり、同時に、〈生命〉という目に見えない一つの〈水脈〉を形成してもいるのである。この「裏側」の展開にあるような、現実の時空間から画の中に入り込んでしまうというファンタジーの要素は、『水脈』の諸作に共通して見られるものである。現実と思われている時空間から、認識できるはずのない流れに身を沈めることによって、複数の流れが合流し循環する大きな〈水脈〉に到るという展開が、連作小説『水脈』に共通するものと言える。そこでは、現在と過去という時間が融解し、因果があらたな網の目となって世界を再構成する。どこかに向かって流れながら〈循環〉するエネルギーとしての〈水脈〉を探り当てる試み、それが『水脈』なのである。

過酷さと救済と　十篇の小説にあらわれる〈水脈〉は、個別的でありながら、連関し合い、浸透しあっているのだが、それらの中でも「還流」は、〈水〉の〈循環〉による人間の浄化の物語であり、『水脈』における〈生命〉観が明らかにされているものである。腎不全によって血液透析を余儀なくされている十代の女性・澄子と〈わたし〉との間で、汚れた血を腹膜透析する新しい治療法と、ヒルギダマシという塩分を濾過する植物の話題とが交錯する。〈わたし〉はヒルギダマシの島を作り上げ、二人でその島にでかける。澄子の身体にヒルギダマシが差し込まれ、その身体は浄化されていき、澄子の身体から排泄された〈水〉は海に還る。〈いのちって、始まりがあって終わりがあるのかと思っていたけど、そうじゃなくてただぐるぐる回ってるのね〉というように、〈循環〉は救済として描かれているのである。その一方で、十代〜二十代に患った〈わたし〉の腎盂炎があたかも澄子にめぐっていったかのように、〈ひとつのいのちが生きのびるためにはもうひとつのいのちが犠牲にならなくては、たしかに全宇宙のつじつまは合わないかもしれない〉とも語られる。〈循環〉するエネルギーの一部であるからこそ過酷さを引き受けねばならない個への救済は、その過酷さと同じエネルギーの中にこそあるのである。

このような〈水脈〉のもつ過酷さと救済とを形象化したのが、連作を締めくくる「水卵」だろう。遠い親戚で幼なじみの幾子の死を知った〈わたし〉が、その生前のことを幾子の娘・奈美から聞く。かつて父の手で池に沈められたオルガンを、その死んだ父とともに、埋め立てられた池から引き上げ、幾子は毎夜そのオルガンを弾いていたというのである。その話を聞いて、〈わたし〉の頭の中には〈幾子と奈美とわたし、それに父の四人がかわるがわる、ときには誰かと一緒に、あのオルガンを弾いているのだ〉という光景が現れる。失われ水に沈められた〈過去〉が媒介となって、死者と生者が交流する。表層から失われたものが〈水脈〉として生き続け、その〈水脈〉は救済という拠り所となり、そしてまた、生者を飲み込んでいくのである。

殻を作れず膜だけが内側を包んでいる〈水卵〉のぬくもりは生きている証なのか、それとも、それは産み落とされてすぐに死んでいるのか。どちらにしても美しいと言う〈わたし〉は、〈水卵〉を飲み、池を見に出かける。互いに浸透し、循環する連作小説『水脈』は、〈水脈〉である自分自身が、自分自身に出会いに行くようにして終息していくのである。

（大妻女子大学短期大学部）

『億　夜』——竹内栄美子

『億夜』の世界は、死者によって生かされる男女の物語から成り立っている。そして、〈言葉〉というものの重みとそれに支えられて生きる人間の姿を描いている。

兄の久里布《くりふ》竹雄と弟の光也は、同じひとりの女性、沙織を愛していた。はじめ竹雄の恋人だった沙織は、光也を知って光也に引かれるようになる。目的に向かってまっしぐらに進む力強い竹雄と対照的に、光也は人間よりも昆虫に親しみを感じて孤独を愛する青年だった。婚約者竹雄の存在を気にかけながらも、強いまなざしを持つ光也に魅せられていく沙織は、髙樹の小説『その細き道』の加世、『時を青く染めて』の滝子につながる女性である。髙樹自身が本書のあとがきで〈『その細き道』『時を青く染めて』と書き進んで、この『億夜』にたどりついた。長い長い時空を、人のこころのなかに生きつづける思いは、何によって支えられるかといえば、やはり言葉だろう。この物語の主人公は男でも女でもなく、もしかしたら言葉かもしれない。〉と述べるように、ふたりの男性とひとりの女性をめぐる物語は、『億夜』にいたって〈言葉〉が主人公となった。自殺した光也が沙織に残した蜉蝣の彫られた箱には〈Di dalam sini ada kata kata〉と書かれていた。マレー語で〈ここに言葉あり〉という意味である。

二十五年ぶりに会う竹雄と沙織は、死んだ光也の影を背負っている。沙織は、東京から郷里に近い福岡に帰って小学校の教員として働き、光也に似た保と結婚した。竹雄のほうは、上司の知人の娘と結婚し、二人の間には現在娘もいる。大手石油会社の支社長として福岡に赴任してきた。二十五年の間に、ふたりはそれぞれの人生をつくりあげてきた。しかし、沙織の夫保は重病のためにいずれ死ぬことが分かっている。社会的には成功者でも、竹雄の娘は拒食症で妻との間は冷えきっている。福岡への転勤も単身赴任だ。ともに、重い荷物を背負いながらの人生は、交差することはなかったのだが、竹雄の転勤によって接点が生じることになった。その契機となったのが、蜉蝣の彫られた、〈Di dalam sini ada kata-kata〉と書かれた箱だった。

　この箱は、保の経営する骨董屋に置かれていた。沙織の夫の店だということをあらかじめ調べたうえでその店に行った竹雄は、蜉蝣の箱に目をとめ、それがマレーシアのものだと保から聞かされて驚愕する。この驚愕は尋常ではない。保から、箱は売り物ではない、家族が店に置いてくれというので置いているだけだと聞いた竹雄は、それが沙織のものだろうと察知する。箱は、自殺する直前にマレーシアに行った光也からの沙織への土産だった。光也がマレーシアに行ったことも箱のそのような由来も、竹雄は沙織に会って確かめるまで知らないはずなのだが、珍しい昆虫の多いマレーシアと昆虫好きだった光也とが結びついて、その箱は竹雄に買い取られ、竹雄、沙織、光也の三人を再び繋ぐことになる。つまりこの箱は物語のかなめであり、主人公としての〈言葉〉とも関連深いものなのだ。

〈ここに言葉あり〉という意味を、光也は沙織に伝えなかった。光也自身知っていたものかどうか、その点は不明だが、生き残った竹雄と沙織は、マレー語の意味を知り、そして自殺直前に光也が竹雄に出した手紙を改めて読むことになる。箱を買い取った竹雄が、光也のその手紙を箱に入れておいておくのも象徴的な行為であろう。言ってみれば〈ここに言葉あり〉というフレーズの実質は、事後的にではあるが、光也の残した手紙のことになるのである。手紙には、次のように書かれていた。「兄さん、久しぶりに手紙を書いている。子供のころ以来じゃないかな。今日は最近見た夢で、とても気に入っているやつを教えてやるよ。それがまた虫の夢で、兄さんをうんざりさせるかもしれないけどね」。光也の見た夢は、カミキリムシになってK山を目指して飛んでいるというものだった。同じくK山を目指すほかのカミキリムシと闘って、たった一匹の勝利者となってK山に飛んでいったその夢は、自分と対照的な強い竹雄を意識したものだった。「勝負するときにはやさしさなど示さず、欲しいものを手に入れるためには犠牲をいとわず、自分の人生の充足のためなら相手の痛みなど考えず、単純に、あっけらかんと、相手を倒す。昆虫が人間より美しいのは、負けた相手を哀れんだりしないからだよ。哀れみや同情の衣で死骸を覆わないから、昆虫の死は美しいんだ。」「強い兄さん。僕は兄さんに憧れているよ。だから、生れ変ったら、兄さんのように強い昆虫になって、美しく生きるつもりだ。生命を脅かす、様々な感情なんて、どこか遠くに放り捨てて、勝利のよろこびだけを抱えて、雲の上を大飛行するんだ。」という。

光也が最後に書いたこの手紙には、竹雄や沙織に対する怨みがましい気持ちや憎しみなどはまったくなかった。兄の恋人を奪った自分を責める言葉もなかった。むしろ、兄の強さを、自分の親しんだ昆虫になぞらえて、生まれ変わったらそのように自分も生きたいという希望をつづっている。このふたりの兄弟は、対照的な性格で始終衝突があったようだが、手紙では和解のトーンが色濃く出ている。親しんできた昆虫と背反してきた兄とが同類のものと光也に認識されていたこの文面からすれば、彼らの間にあったのは、憎悪ではなく家族あるいは兄弟間のディスコミュニケーションだったろう。そして、沙織の出現がそれに絡んでふたりの関係を複雑にするのは、兄弟の母親の存在に関わっている。

竹雄は光也のことを言うときに、しきりに「死んだ母親が甘やかしてきたので」と語っていた。幼いころ、母の白い腕をねらっているとと思ってヤモリを殺した竹雄は、逆に母からは残酷なことをするとひどく叱責され、さらに「わたしも光也もヤモリなんてちっとも怖くないのよ」と言われる。あるときは、兄弟で喧嘩をしたさい母親は竹雄に二度と弟を撲らないように誓わせようとした。「誓うと言いなさい」と何十回も繰り返し、竹雄を折檻する母は、精神のバランスを崩して泣きながら言いつのったという。母をめぐる兄弟の確執は、後年、沙織をめぐる確執を導きだす。ひとりの女性を挟んだ兄弟の構図は反復され、沙織の担わされている役割も、沙織の〈母性〉によって結婚したという夫保による述懐や、沙織が母親のように竹雄を慰めるしぐさによって明らかである。ディスコミュニケーションによって生じた不幸は、母的なものを渇望する男性の欲望によって増幅されたものだった。

日本文学のある種の伝統のなかで繰り返されてきた、ひとりの女性をめぐるふたりの男性の葛藤、ふたりの男性に愛されるひとりの女性の苦悩、男性による母的なものへの強い憧憬などを基本的構図としながら、この作品の核になっているのは、作者自身が述べていたように〈言葉〉だった。それは、マレー語の書かれた箱に収められた、いまはいない人間の残した手紙だった。手紙とは、宛てた相手の顔つきやふるまいを思い出しながら、その人がいまここにいるかのようにしてその人に語りかけるようにして書くものであろう。つまり、発信者から受信者に宛てた純粋のコミュニケーション行為の現れが、光也の残したこの手紙なのだった。ディスコミュニケーションは、ここにおいて克服される。

二十五年目に交差した竹雄と沙織の接点は、〈ここに言葉あり〉という〈言葉〉を媒介としたものである。死者の記憶が軛《くびき》としてあったこれまでの二十五年とは違い、これから再びそれぞれの人生を歩く竹雄と沙織には、死者の記憶が軛《くびき》としてではなく、人を生かす〈言葉〉となってたずさえられていくだろう。（千葉工業大学教授）

『花　渦』――児玉喜恵子

○フウマとゴドー

『花渦』の渦の中心は、魚住夫馬という男である。だが、彼が作品中に実際登場することはない。物語は夫馬の失踪の報せより始まり、終いまで彼は姿を現さぬまま物語は閉じられる。

描かれてゆくのは、夫馬を中心とした渦の中にもがく四人の女達。元妻の槇枝は、ハーレクイン・ロマンスの翻訳家。四十八歳である。その槇枝の一人娘である二十歳の美大生由里子。夫馬の母親佐保子、七十一歳。夫に先立たれ一人で暮らす。そして、夫馬の現在の妻今日子。インテリア・コーディネーターの彼女は三十八歳である。今日子が夫馬の失踪を槇枝に告げたことから、物語の渦は俄かに回転を速めてゆく。

小説全体は四章仕立てで、四人の女達の総当たり戦の如く展開する。〈槇枝と今日子〉〈佐保子と由里子〉〈由里子と槇枝〉〈今日子と由里子〉の四組の関わりが次々と描かれる。総当たり戦中の唯一の例外は、孫の由里子との関わりのみ描かれる夫馬の母親・佐保子である。佐保子と由里子の話は、物語の中心に据えられ『花渦』全体構造の縮図のような役割を果たす。さて、夫馬は一度も登場することなく、渦の中心であることだけが語られるが、この仕組みからは、ベケットの「ゴドーを待ちながら」が想起される。これまで言われてきたように、ゴドーがゴットだとするなら、夫馬は何だろうか。名字や地名には、夫馬というのがあるものの、夫馬とは変わった名前だ。何と読むのかについては、作品中には示されていない。「フウマ」と読むのだろうか。「フウマ」だとして、この名の指し示すものは何だろう（この作者は、こうした仕掛けをよく用いる）。たとえば「フウマ」は、「風馬」かもしれない。「風馬」とは、放逸する馬のことをいう。日常から逃げ出す、好き放題のわがまま、それが「風馬」だ。「フウマ」の放逸が女達にもたらすものは一体何か。それを紡ぎ出すのがこの物語である。

渦の中で女達は夫馬の失踪についてさまざまの思いを巡らせてゆく。〈周りの人間全部を消すことが出来ないなら、自分一人で消えるしかないものね。〉〈愛する人間が皆この世から消えたなら、自分は自分に戻れるのだろうか。〉娘・由里子の言葉である。相手を〈愛する〉ゆえに、母、そして父との関係において〈自分でない自分を生きている〉と感じている。だから、由里子には、父の失踪が〈わかる、ちょっとだけわかる〉のだ。

妻・今日子は、〈わたしが消えたと思った瞬間、消えて戻らない人になっちゃったんです。消えたなんて思わないで、魚住さんは急にパチンコをしたくなっただけだ、とわたしが思ったなら、あの人、きっと沢山の景品を抱えて、あの夜戻ってきてくれたと思うんです。〉と言う。今日子は夫馬が消えてしまうかも知れない、と心のどこかで感じていたのだ。

一方、元妻・槙枝は夫馬の失踪について〈別に自分は何も困ってはいない〉と考える。彼女にとって人間には、〈芸術家とそうでない人間の二種類〉がいて、夫馬や娘は〈はなから理解できない〉〈芸術家〉だ。また〈自分から亭主を奪った〉今日子のことは、〈直情型で目の前のことのみに心を奪われ、事の裏側にまで推測の触手をのばさない〉自分とは異なる種類の女として見ている。槙枝は、〈冷笑と落着き〉をもって今日子に対する。

孫・由里子との関わりのみが描かれる夫馬の母親・佐保子は七十歳と高齢であり〈斑ら模様に鮮明さの残る精神〉のために、失踪中の息子から電話がかかって来たと周囲に話しても信じてもらえない。だが、孫の由里子だけは祖母と共に、夫馬が電話をかけて来たという場所を求めて旅に出る。親子がかつて住んでいたというその地についての佐保子の記憶は、今はほとんど薄れてしまった。そして、ようやく辿り着いた干潟に佐保子は夫馬の幻を見るのである。

満州から引き揚げてきた佐保子は、これまで何百枚ものセーターを編んできた。彼女にとって編み物は〈日常から離れた別世界、指先の小さな旅〉だった。それは生活の中でのささやかな放逸であったのだ。息子を探す旅から戻った佐保子は、〈ひと目だけとんでもない色を編みこんだままになった夫馬のセーター〉を取り出しほどき始める。セーターに描かれた景色の中にひと目だけ間違って入ってしまった黒い編目が息子なのだと佐保子は思うからだ。夫馬は佐保子がかつて放逸の旅の代替として編んだセーターの景色の中に居るのだ。佐保子の思いは、今日子と似る。〈わたしがみんな忘れてしまったから、またまたこんなちっちゃな黒い点に縮んじゃったのかね。ちゃんと思い出してあげたら、あんたのお父さん、戻ってきてくれるんだろうか〉。二人共、夫馬を日常に繋ぎとめていたものは、彼への思いの強さと愛情という拘束であったと感じているのだ。

「ゴドーを待ちながら」では、幕の終わりに「ゴドーは今日は来られない。明日には来るだろう」と語られるが、それは同時にゴドーがずっと現れないであろうことを暗示してもいる。だが、待たれ続けるゆえにゴドーは存在し続ける。現れずともその存在は確かである。夫馬も、消えたことによって存在の輪郭を露わにしたといえるだろう。その失踪の意味を考え続ける限り、夫馬は確かな位置を占めてゆくのだ。女達は、夫馬がもう現れないだろうと各々感じている。夫馬の失踪自体が渦の中心であり、夫馬自身はもうすでに、そこにはいないだろうと。由里子は、〈あなたのまわりにとんでもない渦が巻いています。これまで静かな水面にいろんなものが漂ってたのに、突然あなたが消えちゃって、水底に穴があいたみたいに、渦が起きちゃってる〉とつぶやく。渦は、水底の栓を夫馬が抜いて出て行ったことで巻き起こり、漂っていた四人の女たちを渦の流れに巻き込んだ。夫馬を探す旅で、二人の求めている場所を尋ねあぐねたタクシーの運転手は〈この道はつきあたりませんよ。ずっと海岸沿いに走っていくだけです〉と言う。渦の水流は、どこへも行くことはなく、同じところをぐるぐると廻るだけなのである。〈静かな水面〉が日常であるなら〈渦〉は非日常である。日常へ戻るには渦から逃れるしかない。

○メエルシュトレエムの渦　大渦から逃れ得た男の話がある。ポーの『メエルシュトレエムに呑まれて』では、樽を信じ、樽にしがみつくことで大渦メエルシュトレエムから抜け出す男の話が語られる。渦を逃れる唯一の方途は、この男のように何かを信じてしがみつくこと、であるのかもしれない。槙枝は自分が渦中に居ることに気付こうとしない。佐保子は、目を閉じ渦の流れに身をまかせているようだ。そして、由里子と今日子は、渦から逃れようと身をもがく。最終章で由里子と今日子は、水族館の硝子の円柱の前に立つ。中では〈マイワシだけが何百尾、いや何千尾も、柱の真中にある見えない刻の軸を回し続けるように、同一方向に流れ動いていた〉。硝子の中の渦では逃れようがない。この渦を、逃れ得るものとして捉えるか、それとも逃れ得ないものとして捉えるか、は我々読者に委ねられる。作中幾度も出てくる由里子のスノーボールは、彼女の世界を象徴するものとして登場し、閉じ込められた水のイメージが作品全体を覆う。渦からの脱出の方途は信じられる〈樽〉を見出すことか。それとも放逸か。

（二松学舎大学非常勤助手）

「彩月」とは、なんてすてきな〈ことば〉——田村嘉勝

〈彩月〉ということばは、国語辞書には出てこない。おそらく作者高樹のぶ子の造語であろう。この短編集につけられたサブタイトル「季節の短編」とあるように十二編のうち、季節で分類すると〈春〉四編、〈夏〉二編、〈秋〉三編、そして〈冬〉三編となる。作品配列においても、それらは季節順になっていて、最初の「雛送り」は〈春〉で、最終の「鬼火」は〈冬〉となっている。この構成はまさしく季節の推移に当てはまるもので、各季節に起こりうるだろう物語内容を持っていて、いうなれば歳時記的作品の集まりとでもなろうか。

〈春〉の「彩月」　この〈春〉を彩る物語は、内容によって二つに分けられる。それは「雛送り」「月日貝」と、「端午」「五月闇」の二つである。

前者の「雛送り」では、十九歳の添田和歌子が四十四歳の土田拳の経営する料亭「屏風庵」に勤め出し、主人である土田に〈男〉を求め始める。違和感を感じた土田はきっぱりと断り、無断で出て行った彼女を脳裏から払拭するつもりでさっさと〈雛送り〉をしてしまう。また、「月日貝」は、老境に入りつつある英文と妻峡子との哀しい話である。〈人間としての尊厳〉をなくしつつある妻を支えながら、彼女の馴染みの岬にやってくる。ところがすでに記憶を喪失しているはずの彼女から〈月日貝〉の伝説をきかされる。妻はこの貝を〈つきひがい〉と言った。だが、宿の主人は別に〈みょうとがい〉と呼ぶと教えてくれた。

これら二作に共通するもの、それはいじらしい女性の〈やさしさ〉であろうか。「雛送り」での和歌子も実の父と母のいる家庭に生まれ育っていたならば土田に〈男〉を求めることもなかったろうし、雛飾りに嫌気をさすこともなかったはずである。そして、「月日貝」における妻峡子も、英文が知らないだけで、彼女の夫婦生活に対する理想が損なわれていたのであろう。記憶をなくした彼女の唯一の記憶が「月日貝」なのだから、何とも哀しくさびしい話である。

後者の「端午」は、飾られた武者人形にまつわる話である。その人形に恐怖を抱いた妻が小学三年の洋次をおいて家出をしてしまう。しかし、家出の理由はその洋次によって知らされ、妻のいう〈人間のことがわかってない〉、その真意を夫敬治は理解することになる。また、「五月闇」は、若い時分に女性から慕われた祖父にまつわる話で、意識がハッキリとしない老女トヨの発言から、祖父は〈尺八の名人〉だったと明かされる。

これら二作は、〈端午〉にふさわしく武勇伝が表面に描き出されている。しかし、その心底にはあわれな女性が描かれている。

〈春〉の「彩月」とは、〈雛祭り〉、そして〈端午〉に関わりながらはかなくやるせない女性が物語られている短編なのである。

〈夏〉の「彩月」「河骨」は、夏という季節にぴったりする涼気漂う作品である。〈河骨〉にまつわる不吉な家族とその家族の顛末はいうまでもなく、寺田矢市と香子による擬似家族と関谷との関係もやや探偵小説気味であるが、それは作品途中に見え隠れする〈河骨〉により不吉な前途を感じさせる。

また、「鰻」では、外地からの帰還を想起させられたり、イチジクタブに行くことによってかつての幼少年期の体験が呼び戻されたりする。七十八歳の松吉は、十年前に妻を亡くし、誰とも話すことなく、イチジクタブに行って、そこの主ともいえる大鰻と会話することになる。それは彼にしてみれば懐かしい〈少年の日々〉を呼び戻すきっかけとなっている。

これら二作は、やはり〈夏〉にふさわしい。一方に背筋に涼気を漂わせる作品であるかと思えば、一方に少年の日を語らせる作品となっている。

〈秋〉の「彩月」〈秋〉の三作はどこかしらさびしさを感じさせる。

「青北風」とは、テレビに出ている脇田の娘由美の天気予報によると〈青い北風、と書くのは、夏のあいだ熱を帯びていた空や水が、青く変わるような北からの風のことで、秋の訪れを感じさせるさわやかな言葉〉だという。四十六歳独身で、幼稚園副園長の静子が五十になる脇田と男女関係をもってからは久しい。二人はいつか本心を話し合い一緒になることを期待している。しかし、彼が口では妻子と別れて一人になりたいというものの、彼の日常のしぐさからは無理であろうと静子には思われた。男女関係をもったあとに、恰もそれがなかったの如く脇田は自分の娘の天気予報に注目する。それに対して静子は何も話すことができないでいる。

「南瓜」は、秋の食べ物であろうか。木田砂戸子の父と母はすでに別れて暮らしている。妻に嫌気をさした父博は、ＦＭアナウンサーと三年前から一緒に生活している。砂戸子は母の前では父に関する発言ができないばかりでなく、母との対立もあった。砂戸子は予備校に通う浪人生である。浪人生にとって、秋は辛い時期である。一人で悩む彼女に相談相手はいない。母と口論して家を飛び出し、行った先のスーパーで父と女性のほほえましい買い物姿を見る。まもなく、夜間授業している予備校の屋上から砂戸子は身を投げ出す。

「茸」では、山間に一人暮らしをする七十を越した八田時子が、秋の夜長に、忌避すべき義父の夢を見てしまう。その義父というのは、十六の時子を犯した者であった。時子の夫はすでに亡くなっている。娘も嫁ぎ、大阪に住んでいる。いったい時子が義父を夢に見るのにはまったく理由がないのであろうか。

これら三作に登場する三人の女性には、それ相応の年齢に応じた状況があった。その状況には孤独が付きまとい、自身では解決できない境地に陥っている。支えが欲しいのだが、自分では何ともできない。三様の女性と〈秋〉の風景が二重写しになっている。

〈冬〉の「彩月」　冬ごもりで語られる話であろうか。

「夜神楽」では、仮釈放の朝見た夢が語られる。その夢とは、出所した佐古幾生が自ら殺した妻に迎えて貰い、妻に性交を強要するというもの。

「寒茜」は、工業高校を卒業して以来精進してきた国府産業から突然解雇通告を受ける内容の作品である。そのため、会社への反撥を試みながらも、自宅を手放さなければならなくなる。妻と子供二人を妻の実家にあずけ、岡本良征は一人暮らしを始める。冬のある日、散歩に出た岡本は解雇された会社の社長に会い話をする。

「鬼火」では、担当医であった斉藤が治癒不可能と思われた沢山ゆかりの完治を目の当たりにする。何でも、鬼火に誘われて山に入るうちに治ったのだという。実際、斉藤もその鬼火を見る。

これら三作は、炬燵に入って語られる話であろうか、多忙な日常では語られることのない内容である。

〈彩月〉とは　これらの作品内容は決してメジャーではない。しかし、確実にその季節でなければ味わえない内容といえる。

これを簡潔に〈作者高樹の感性〉というのは性急であろう。季節季節に、日常から社会事象に注目していた、その結果が誰でも知っているような事象に注目し作品にした功績は大きい。作者の常日頃の細かい観察眼がいい作品を生んでいる。

（奥羽大学教授）

『イスタンブールの闇』――日本近代文学のトルコ表象――

笹沼俊暁

　多くの日本人にとって、トルコという国とそこに住む人々は、あまりなじみ深いとはいえないだろう。トルコときいてなにか思い浮かべようとすると、たいていきわめて限定的なものになってしまうのである。たとえば、妖しい香気漂うハーレムとスルタンの栄耀栄華、軍楽隊の行進曲のリズム、トプカピ宮殿の財宝、イスタンブールの市場の賑わいとシシカバブーを焼く煙……等々、書くのも気恥ずかしくなるような貧しい異国趣味のレベルに留まってしまう。イスラム圏のなかでも一際進んだ近代化と西欧化、NATOおよびEUへの加盟、内部にかかえるクルドの民族問題のように、近・現代の政治的側面を思い浮かべればまだマシなほうであろう。ましてや、そこに住む人々がどのようなことを感じ、考え、社会の動きと時代の流れのなかで日々を暮らし、死んでいくかについて、実体的な興味をいだく人は、けっして多くない。文学の領域にもそれは反映しているように思われる。トルコをとりあげた日本近代文学は、数少ない。私自身にとっては、トルコを舞台とした日本の小説は、髙樹のぶ子『イスタンブールの闇』（中央公論社、98・2）がはじめての体験だった。

　ストーリーは、津和野およびイスタンブール周辺を舞台として展開される。現代の「二都物語」といってよいだろう。陶芸家の千野熔子は、姪の流美の結婚式に出席するためトルコへと向う。流美は、トルコ人男性のムラットと婚約したのである。しかしイスタンブールに到着してまもなく、熔子は、流美が結婚式を前にして突然行方不明になってしまったことを聞かされる。ともかくもイズニクにあるムラットの実家へとおもむくが、そこで熔子は、ムラットの兄のケマルが自分と同じ陶芸家であることを知る。ケマルは、一六世紀につくられ歴史の中に忘れられた幻の「イズニク・タイル」の製法をつきとめた人物だったのである。熔子は陶芸家としての血をかきたてられつつ、トルコに留まって流美の行方を探し求める。そしてそのさなか、かつての恋人である沖波残に思いがけず再会することとなった。一方、日本の津和野では、結婚式を前にして失踪した流美が、かつて関係をもったことのある熔子の息子・鮎のもとへ身を寄せていた。流美は、トルコで肉体関係にあった沖波残のいいつけでムラットと婚約したのだが、波残に嫌気がさして急に津和野へと戻ってきてしまっていた。波残は、「イズニク・タイル」の美しさに魅せられるあまり、その製法を知るケマルに近づき抱き込もうと、弟のムラットと流美を結婚させようとしたのである……

概観してわかるように、この小説の登場人物たちは、限定された領域内で過剰なまでに錯綜した恋愛関係にある。熔子と姪の流美は、ともに沖破残と関係をもつ。熔子の息子・鮎も流美と関係した過去をもち、鮎は破残と熔子の間にできた子供である。狭い世界のなかの相互のややこしい恋愛関係と肉親関係をもとに、すべての話が進行していく。それぞれの登場人物の内面の葛藤や過去の追憶もまた、この限定されたネットワークを文脈として語られるのである。

そして、ここでひとつの特権的な役割をはたすのが、津和野という土地である。彼らのすべてが津和野の出身なのである。鮎と熔子の母子は津和野に定着し、土地に愛着をいだいている。流美は、故郷を飛び出してヨーロッパで生活を続けるも、土壇場で津和野に戻ってきてしまう。そしてイスタンブールで熔子と再会したとき、沖破残の内心はつぎのように語られている。〈そのとき破残は、津和野を離れて何人かの女を抱いたかその数さえ思い出せないが、熔子はそれらすべての女とは異質で、熔子にとって昔、瀕死の毒を注ぎこまれた自分が今日まで生きのびてこられたのは、その毒の力のおかげでもあると思え、決定的な敗北感を覚えた。〉流浪する人生をおくってきた破残にとっても、津和野での熔子とのかつてのロマンスは、特別の意味をもっていたのである。津和野は、登場人物たちの内面性と人間関係すべての原点となる場所として設定されているといえよう。

ところが、もうひとつこの作品の基軸となるトルコ・イスタンブールの描かれ方は、まったく対照的である。純粋に美的な対象、あるいは背景としてのみ描かれているのである。

作品のなかでは、ボスポラス海峡を出てエーゲ海にむかう汽船の航跡や、大モスクの立ち並ぶ旧市街のようす、バザールの賑わい、美味しそうなトルコ料理、熔子と破残の再会の場であるキリスト教教会の内部等が、印象深く描かれている。こうした叙述や構成の仕方は、たしかに絵的に美しく、見事な筆さばきと賞賛するほかないところがある。しかしその美しさの中には、大きく欠落しているものがあるように思われる。それは、その土地に住む生きた人間に対する興味関心の視線である。それゆえに、この作品のなかで描かれたイスタンブールの美しさは、あたかも生きた人間の住むことのない箱庭の模型のような、空虚な美しさでしかないように思われる。地元の人々の様子は、その人種構成の多様さの説明として抽象的に語られるほか、たんなる風景の備品としてしか叙述されていない。津和野の人々のように内面が掘り下げられることがないのである。

イズニクでのムラットの親族たちについても、思わぬトラブルに困惑する人のいい素朴な村人たち、という以上の描かれ方をされていない。彼らが何を考えているのか、さっぱりわからないのである。そして不可解なことは、この作品のストーリーが流美の結婚騒動を軸として展開されているにもかかわらず、彼女の結婚相手であるはずのムラットについての叙述が、ほとんどなされていない点である。主要登場人物の一人として遇されてもおかしくないはずのこのトルコ人男性が、いったいどのような考えをもち、どのような過去と背景をもつ人間で、何のつもりで日本人の流美と結婚しようとしたのか、ほとんど説明されていない。わずかに、熔子の視点を借りて〈ムラットにとっては、気まぐれでわがままな日本の女に振り回されてとんだ迷惑をこうむった、それ以上のものではないし、もしかしたらその日本女の叔母がやってきて郷里のイズニクの家族と仲良くなったことも、内心うっとうしいだけかもしれない〉と推測しているだけである。おなじく流美の恋の相手である日本人の鮎や破残について、過剰なまでにその心理と内面、過去が掘り下げられているのに比べれば、著しい不均衡さを指摘されてもやむをえないところであろう。

さらに、熔子がイズニクの地に対して強い興味関心を抱いた理由が、彼女を温かくもてなした土地の人々ではなく、「イズニク・タイル」の色の美しさである点に注意したい。津和野の焼き物の穏やかな色合いに「イズニク・タイル」の鮮烈な赤を組み合わせることが出来ないか、という欲望が、熔子をこの地に引き留めることになる。津和野の人間たちを遙か遠いトルコの地に強く結びつけているのは、生きた人間の紐帯や興味関心などではなく、焼き物という美的なモノにすぎないのである。

『イスタンブールの闇』というタイトルとは裏腹に、この小説で描かれているのは、イスタンブールそのものではなく、熔子たち津和野出身の日本人たちのコミュニティーによる、内輪の恋愛模様と心理のいざこざである。トルコとイスタンブールは、日本人の登場人物たちが海外出張して繰り広げる大人のロマンスのための、色鮮やかで美しい異国趣味の舞台装置として使用されているにすぎない。そこには、近代日本人に歴史的に刷り込まれた、欧米の先進国以外のアジア地域に対する素朴な無関心さが微妙に介在しているようにも思われる。

（日本近代文学研究者）

『蘭の影』――磐城鮎佳

　いつのまにか緑色の芝生の土地から荒れた石ころだらけの場所へ追い出されてしまったような気がしなくもなかった。

　五十歳を目前にひかえた、主人公の女性が放つこの言葉は、同世代の読者をして己の人生を振り返させるに充分な言葉であろう。自分でも気が付かない間に、女は女であることの意味を知らず知らずのうちに摩耗させているのかもしれない。

『蘭の影』は七編の作品が収められた短編集である。登場する女性たちは、いわゆる更年期障害を迎える年齢に差し掛かり、人生の折り返し地点に立つなかで、精神的な不安定さと戦い、自らが抱える心の澱と向かい合う。なかでも表題になっている「蘭の影」は構成上からみても非常に面白く、考えさせられるところの多い作品である。

　話の内容としては五十代を一年先に控えた主人公・美知子の心の動きを描いたものだが〝デンドロビュームの精〟の登場がこの話を面白くさせている。

　美知子は〈鏡の前で首筋のたるんだ皮膚を見つけたり、突然昔からの知人の名前が出てこなくなったり、ほとんど無自覚なままやれやれだのヨイショだのと言っているのに気づいたり〉するたびに大きくなっていく自らの

〈心の空洞〉を意識してはいるが、それを言い出したところで夫の行雄には〈幸福病〉か〈贅沢病〉にされてしまうので、何も語れずにいる。

そんななか、医者である夫が担当していた女性が亡くなり、夫はその女性から〈先生、この花をわたしと思って大事にして下さい〉とデンドロビュームの鉢植えを貰い受けるのだが、夫が、その女性にとって自分は〈医者兼父親兼恋人ってわけだ〉と言ったのを聞いて〈恋人〉の部分に心の揺らぎを感じてしまう。以来その蘭の花に対する嫉妬から〝デンドロビュームの精〟という形で、その女性患者の幻想を自ら生み出し、その幻想の女性に向って心の内を語るのである。

面白いのは美知子が生み出したその幻想の女性が〈体も丸々としていて南国の陽気さを思わ〉せ、〈美人というよりファニーフェイス〉という設定になっていることで、あまつさえ、その女性に〝デン子〟という不恰好な名前を与えている辺りは無視出来ない女の性を切々と感じる。無論、〝デン子〟は美知子が勝手に生み出した幻想であり、夫の患者であった女性が本当にファニーフェイスであったかどうかは分からない。むしろ作品末尾の言葉、〈今度生れてくるときは、デン子という名前にふさわしい、丈夫な女に生れてくるんだぞと、彼はその名前からはほど遠い死者に呟いた。〉（傍線筆者）から判断するに、いわゆる「薄命の美人」の方が当たっているのであろう。

夫からの話を聞いて想像していた風貌と、全く異なる女性像を確認して、（確認といっても自らが勝手に作り出したものであるが）その子供っぽい無邪気さに安堵感を覚え余裕を持った美知子は徐々に大人の女の落ち着きを取り戻し、さらには〝デン子〟と話をするなかで若い時に持っていた自分の夢を思い出す。

この二人の会話のなかで、爪のエピソードから夫の浮気相手がデン子以外にいるのではないかと思わせられるのだが、結局は最後の最後で夫と〝デン子〟の三年半に及ぶ不倫が明らかにされている。このような構成は作品に重層性を持たせるという意味でも、作者のテクニックを感じさせられる部分である。

ところで、作品の終盤で夫が、塞ぎ込んでいた妻の様子が、近頃になって急に機嫌が良くなったことを述懐する場面があるが、その語り方に何とも淡々とした一種の冷たさを感じる。

わずかなひとことがどんな波紋を生むかわからないのでこちらも黙っているにかぎるとばかりに、距離を置いていた。

蘭の花鉢を持って帰った日から、それが余計ひどくなったような気がして、しまった、当直室にでも置いておけばよかったと後悔したが、いまさらそうするとさらにやっかいなことになりそうだったので、そのままにしておいた。

これらの描写からは、冷たさとは多少異なるかもしれないが、少なくとも自分の妻を冷静に観察している夫の姿が読み取れる。さらには医者の眼で、中年になった妻に襲いかかった更年期障害を見出し、冷静に対処しているものとも考えられる。ただ、この二人の感覚の違い＝温度差に年月を重ねてきた夫婦間のリアルな空気を感じてしまうのである。

次に注目したいのは、登場人物のなかで固有名詞が与えられているのが、主人公・美知子と夫の行雄のみということである。夫婦のあいだには大学進学のため東京に出ている息子がいるのだが、美知子の回想や夫との会話のなかに登場するのみで、名前は与えられていない。これは美知子という存在が「母親」であるということよりも一人の「女性」であるという構成上での強調ではないだろうか。作中で「嫉妬」という材料を種に、真正面から夫と向かい合わせることにより、主人公である妻の美知子は「女」としてのこれまでの自己を見つめなおすことができるのである。

そして物語終盤、美知子は〝デン子〟と話をするなかで、若い時に目指していた夢を思い出し、再び挑戦しはじめる。その挑戦が成功するかしないかは問題ではない。大切なのは美知子が〝デン子〟によって、「嫉妬」を消化し前に進み出したということである。

美知子は〝デン子〟によって救われた。だが、その〝デン子〟自身、美知子が作り上げた幻想の女性であることを思うと、あらためて女性の性、強さ、死ぬまで女であるということへの執着を考えさせられるものである。

『蘭の影』は、結婚し子供を生み、その子供もほぼ育て終えた女性が、さてと自分の人生を振り返ってみると、わずかに〈心の空洞〉を感じる……そういった女性の襞に染み込むように描かれた作品群である。高樹のぶ子が結婚、出産、離婚を経験し五十歳に差し掛かる時に発表されたこの作品は、作者の考える中高年の女性の生き方を知る上でも重要な作品といえよう。

（創価大学大学院生）

『透光の樹』——菅 聡子

『透光の樹』は、雑誌「文学界」に一九九七年六月から翌年五月まで連載され、九九年一月、文芸春秋社より単行本として刊行された。同年、第三十五回谷崎潤一郎賞を受賞しており、九〇年代における髙樹のぶ子の代表作のひとつである。

かつて三島由紀夫は、次のように語っていた。

現代で恋愛小説が成り立ちにくいのは、恋愛を阻む絶対的な障碍がないからだが、私は設定を大正初年に移して、その時代における恋愛の考へられるかぎりの最大最高の禁忌を置いた。それがすなはち「勅許」の問題である。すでに勅許の下りた宮家の許婚を犯すことは、宮妃殿下を犯すことに他ならない。臣下として、これ以上おそろしい不敬はないが、その不敬を敢てするまでに燃え上がつた恋愛なら、はじめて本物の恋と云へるであらう。

(「『春の雪』について」「芸術座プログラム」69)

『春の雪』において設定されたのは〈至高の禁〉、天皇への挑戦であった。『春の雪』の時間設定は、大正時代。明治天皇と日露戦争への記憶が色濃く残る時代である。三島は、〈恋愛〉の情熱を燃え上がらせるために必要な障害として、その当時における最高の禁忌を犯すことを設定したわけである。

『透光の樹』がその〈恋愛〉の障害として設定したものは、〈金銭〉である。髙樹のぶ子は、谷崎賞の受賞のことば「文学的近況〈あわい〉からの脱出」(「中央公論」99・11)で〈戦争や貧困、病気や身分差、あるいは宗教や道徳による障害〉は〈そのどれひとつをとっても現在の日本には存在〉しない、よって〈恋愛〉の〈障害〉としては使えない、そこで〈「お金」が恋愛感情を高める今日的障害として使える〉ことに気づき、本作における設定を決定したと述べている。貧富の差という意味ではなく、〈お金〉を〈障害〉として使うとはどういうことか。作品にそって紹介しておこう。

小さなテレビ制作会社を経営する今井郷は、二十五年ぶりに訪ねた加賀金沢・鶴来の地で、当時女子高生だった山崎千桐と再会する。『透光の樹』は、一言で言うならば、現在四十七歳で妻子のある郷と、二年前に離婚して実家の父と十二歳の娘・眉とともに暮らす四十四歳の千桐との恋愛小説である。千桐は死を間近にして寝たきりの状態の父親の介護に毎日を送っており、働きに出ることもできない。父の借金、そして入院費の捻出を前に当惑する千桐を前にして、郷は唐突に〈お金が要るときは言って下さい〉と口にする。そしてそれをうけて千桐は〈お金をお借りして、わたしを差し上げる〉ことを提案する。金と女性の交換。この一種の契約の仮構をおこなって初めて、二人の性愛は動き出すことができたのである。

物語の時間は、昭和五十年代後半、すなわち一九八〇年代に設定されている。この作品が発表されたのが一九九七年であるから、読者にとっては約二十年前の時代の話だということになる。さきに、恋愛小説の成立しがたい現代において、それを成立させるために意図的に設定された〈障害〉として〈金銭〉を指摘したが、そもそもこの読者の生きる時間と物語の時間との隔たり、さらに物語の場所が〈金沢〉という歴史と過去の物語を色濃く宿す土地に設定されていることも、恋愛小説を成立させるための仕掛けの一つと言えるだろう。加えて、語り手が成り行きのすべてを把握し見通しているというその語り口も、近代的な語りというよりは、いわゆる《オハナシ》のそれを思わせる。すなわち、恋愛小説の成立のために、読者の時間・場所から物語の地点まで、いくつもの隔たりが設定されているのである。

その隔たりの果てで語られるのは、しかし濃密な性愛の時間だ。たとえば、この作品における性愛表現について、池澤夏樹は谷崎潤一郎賞の選評において、次のように述べている。

…性交の場面でこの問題はもっと大きくなる。性的な悦楽は半分までは個々の幻想である。だからこのように刺激と応答が綿密に書かれると影の部分がなくなってしまう。作者が力を入れる分だけ、読む方は気恥ずかしい。

（「中央公論」99・11）

ここで池澤が語るある種の違和感は、たとえばタイトルにもなる〈透光の樹〉というすぐれて美しく永遠なるもののイメージを喚起する言葉と、濃厚な性描写との言葉の落差に由来するのかもしれない。しかしこの落差が、むしろこの中年の二人の男女の、しかし初恋の成就にも等しい恋の物語そのものなのではないだろうか。性愛描写の濃厚さは、一方で二人が時にもどかしいほどに、あるいは二人の年齢からすればあまりに未熟に思えるほどに、互いの気持ちのみならず自らの思いすらはかりかね、稚拙な言葉の積み重ねがなされることと対照的である。すなわち、精神的な次元では二人の思いの交錯は二十五年前の若者と女子高生の恋の焦燥を現在において辿りなおし、肉体的な次元ではともに中年の男女の成熟したそれが展開されているのである。二十五年前の出会いのとき、二人の間に意識的に何かが語られたわけではない。しかし、二人の思いの根元には、あの二十五年前の風景が確かにある。いま、時を経て、それぞれに家庭を持ち、あるいは離婚し、人生が成熟の過程にはいったとき、彼らをとらえたのはあの若かった時の一瞬の思いなのだ。

逢瀬の回を重ねるごとに二人の思いは深まり、性愛は濃密さを増す。しかし二人の〈恋愛〉は思いがけない終わりを迎える。郷が、直腸癌に冒されてしまったのである。死の直前まで性愛によって互いを確かめながら、しかし郷の最後のときに千桐は立ち会うことはできない。東京に帰った彼を看取るのは彼の家族であるからだ。ここで読者はあらためて、〈金銭〉との交換を仮構することで成り立っていた二人の関係が、そもそも反社会的なものであったことに思い当たる。郷には妻と二人の息子がおり、世間からすれば千桐は愛人に過ぎない。二人の別れは、〈昭和五十八年、二人が再会して二年と二ヶ月目の四月〉であった。

そして物語の時間は一気に読者の現在へと近づく。いま、千桐の娘・眉は二十九歳で三歳になる息子の母である。この物語の終局部、第十二章はすべて眉の視点から語られる。彼女は母である千桐と郷とのことを知らない。よって、ここで語られる千桐は《他者》としての彼女だ。四十代後半、憂鬱な顔ばかりしていた千桐は、五十代に入ると〈突発的に奇矯な行動をとることがあった〉。アルツハイマーが発症していたのである。おそらく、彼女の時間は郷の死とともにとまっていたのであり、そのときからゆるやかな死へと向かっていたのだ。すなわちこれは、社会的には認められない二人の男女の、時と場所を別にした一種の心中なのである。

それにしても、かつて三島においては〈至高の禁〉が恋愛の障害として設定されたのに比して、九十年代の作品においては、〈至高〉どころか、俗の俗なる〈金銭〉を障害として設定する。ここに、現代日本の現実があらわれているように思え、複雑な思いにとらわれるのも正直な感想である。日本文学における〈恋愛小説〉はこれからどこへ向かうのだろうか。

なお、この作品は、二〇〇四年に根岸吉太郎監督、秋吉久美子・永島敏行主演で映画化された。

（お茶の水女子大学助教授）

『百年の預言』――恋と革命と音楽と――松本知子

「百年の預言」は、一九九八年七月二十七日から一九九九年九月五日まで「朝日新聞」朝刊に連載され、二〇〇〇年三月一日に同社より上下二冊で刊行された長編小説である。一九八六年六月、ウィーンで外交官の真賀木奏とバイオリニストの走馬充子が出会い、音楽への情熱をもつ二人は愛し合うようになる。その過程で亡命ルーマニア人センデスから古い楽譜を入手、〈百年後の愛しい羊たちへ〉と題された作曲者自筆の楽譜に込められた秘密を解き明かすために、ルーマニアに渡り、革命の嵐に巻き込まれていく。八九年のベルリンの壁崩壊後、東欧の共産党政権が次々と倒れていく中、同年十二月、ルーマニアのチャウシェスク独裁政権も、首都ブカレストにおける銃撃戦などの混乱の末に、革命勢力による大統領夫妻処刑という形で倒壊した。ルーマニア革命と呼ばれるこの歴史的な出来事が、この小説の背景となっている。

髙樹は天満敦子〈バイオリニスト、走馬充子のモデル〉との対談〈「本の話」00・12〉で、「朝日新聞」の連載小説は題材も決定していたのだが、〈「望郷のバラード」の演奏を聴き、この曲にまつわるエピソードを知って、飛びついてしまった〉と語っている。ある日本人外交官〈彼自身、幼時にバイオリンの英才教育を受けた経験をもつ〉が、ルーマニアの亡命バイオリニストからポルンベスクの「バラーダ」の楽譜をもらいうけ、それが天満に渡り「望郷のバラード」として広まったという実話――そこには髙樹が畢生のテーマとする〝恋と革命と音楽〟

の恰好の素材があった。自ら全共闘世代という髙樹は、青春に革命を夢想し、考え語り、また恋愛をして、やがてその恋愛を描写することで作家として歩み始めたのであるから、「望郷のバラード」は天の賜物のように聴こえ、〈飛びつい〉たのであろう。かくして、チャウシェスク政権の弾圧と抵抗、そして革命、そこに謎の楽譜を手にした走馬充子と真賀木奏の愛を複雑に絡め、〈ミステリー小説、恋愛小説、歴史小説、音楽小説……さまざまな要素を、この作品の中で全部試してみた〉（「インタビュー　髙樹のぶ子」〔聞き手・構成＝細貝さやか〕「すばる」00・4）という一大ロマンが創られることになった。

この欲張りな構想がスムーズに理解されるような工夫も凝らされている。〈痩せた筋だけにならないための方法〉として、〈作者の考え、レクチャー、仕入れた知識、私自身の性愛観、恋愛観〉などが随所に織り込まれている（引用は河野多恵子との対談「物語の自由と快楽」〔「文学界」99・3〕での髙樹の発言より）。例えば、ミステリー小説の焦点となる楽譜の謎を真賀木に解かせたすぐ次の章には、「ポルンベスクへの旅」という作者自身が調査のため訪れたポルンベスク村への紀行文のような体裁で、最後にはポルンベスクの恋人ベルタの孫である老女エンマと夢とも現とも解らぬ境界でお互いの意志疎通のない会話を交わし、再び作中の時間に引きもどすという荒技もある。これは髙樹が描く性愛描写の中で、より高い頂上を目指すためにあえて足踏みして立ち止まるという方法論に似ている。

主な登場人物は決して多くはないが、その交流がまた錯綜している。

〈複雑で濁ったものが嫌い、単純で透明なものが好き〉という走馬充子は、〈体力のかぎり前へ跳ぶ癖がついて〉おり、〈後ろも振り向かない、だから成長もない〉人物と設定され、恋多き女であるが〈男に傷つけられたり何かを植え込まれたこともないと信じる〉強い女である。その充子が落ちるように恋をするのが、妻を自死で喪って二年の外交官真賀木奏であるが、彼は未だに理由の解らない妻の自死に取りつかれており、充子の性急な愛にとまどいつつ伴走する。そして彼らの性愛は全き一致を見るに至らない。そこにルーマニアから亡命したオーボエ吹きの青年センデスが、ポルンベスク作の謎の楽譜を持って現れる。真賀木との性愛に充たされなかった充子は、いとも簡単にセンデスとの性愛に溺れ込む。そしてセンデスと関係を持ったが本当に心から好きで欲しかったのは真賀木なのだと告白する。真賀木の混迷はより深くなるが、充子を軽蔑はしない。

一方、真賀木もまたセンデスの隣人で、元歌姫であったが亡命後娼婦に身を落としたジィヤーヌを買う。彼女の名前や素性を知っている真賀木はそれを隠していたが、〈親しみの感情を持たない肉体だけの存在〉であるがゆえにその性交は成就し、感極まった際につい隠していた彼女の名前を口走る。そしてその夜、彼女はドナウタワーから身を投げて死ぬのだ。心身ともにボロボロになっている元歌姫の背中を押すような役割を真賀木はするわけだが、そこに深刻な自省はない。ただ、その負い目を忘れるために楽譜の謎解きに夢中になり、ついにそれを解くに至る。充子はジィヤーヌとの関係を告白する真賀木の言葉を、ジィヤーヌの死よりも、成就した性交への嫉妬という形で受けとめ許す。自分の方は、センデスとの頂点で真賀木の名を呼んだという告白とともに。

この二人の主人公の性格的な相違は、例えば〈百メートルをマラソンのようにしか走れない男と、マラソンを百メートル競走のように全力疾走し、たちまち心肺が悲鳴をあげてしまう女〉と語られているが、ある意味その差は限りなく近いとも言える。それは〈あなたも私も、精神と肉体がうまく合一されない、融合されない、そのために対人関係でどうしてもギクシャクしてしまう〉という意味で〈似た者同士〉だという充子の言葉があるように、〈現代人の多く〉が悩む〈心とカラダ、もっと言えば愛情と性のバランスの悪さ〉においてである。そこで重要な意味を持つのが、作中に引用されたルーマニアの古謡「ミオリッツァ」――牧童が千里眼の雌子羊（ミオリッツァ〉に死の運命を予告されるが、それを天上の女王との結婚として、むしろ祝福と受けとめる――である。そこに示されている世界（仏僧である充子の父は〈結婚〉とは〈セックス〉のことと喝破する）は、〈まさに肉体的感情で感得するもの。そこに流れている風や匂い、音楽を感じ取ることしかできない〉（前出のインタビュー）ものであり、こうした〈ミオリッツァ的世界〉の希求こそこの作品の核心であろう。

もっとも充子について〈過去というものが、後悔や反省あるいは未来のために役立つ自信を内包しているのだとすれば、充子には過去がない〉との描写があるように、作者はある程度意図的に自省を伴う内面性の深化を描いていない。河野多恵子との対談（前出）で、小説の筋、ストーリーから自由になるべきだとして、〈こういう男や女がいて、愛し合ってもいいし、憎み合ってもいい、そして死にましたって、それでいいんだと思うんですね。それが生々しく伝わってくればいいんだろうと思うんです、小説というのは〉と発言しているが、男女を生々しく伝えようとするのであれば、その〝生々しさ〟のレベルもまた問題であろう。ともあれ、暗号をめぐるスリリングな緊迫感、暴動の緩みない描写などは、髙樹の才能を十分に感じさせる。東欧の歴史的な状況を詳細に捉えることで、革命前後の時間軸と物語との対応が劇的な効果を生み、読者を魅惑する力のある作品である。

なお、この長大な物語はまた、ある人物のレクイエムでもあったと思われる。それは髙樹の短大時代の男友達のうちの一人で、デビュー作「その細き道」の精二のモデルとなった人物である。『恋愛空間』（講談社、97・5）所収の「遺されたイメージ」の中で、髙樹はこう語っている――〈Sさんはわたしと M の離婚を知らずに、外交官としてインドシナ半島のある国で死んだ。M と離婚の話し合いのため別居していた冬、殺されたのだが、あれは何とも衝撃的な冬だった。これですべてが終った、と呆然と立ちつくし涙も出なかった〉と。

（元日本女子大学助手）

『燃える塔』——神田由美子

『燃える塔』（新潮社、01・2・25刊）は、「眠れる月」（「新潮」93・4月号）、「海からの客」（同、94・6月号）、「鳥たちの島」（同、95・10月号）、「燃える塔」（同、94・8月号）という四つの短篇からなる連作小説である。初出時の連作タイトルは「FURUSATO」だった。髙樹は、〈情緒的なふるさとでなく、過去に自分がいた場所、創出された過去、という感じがするFURUSATO〉を、自らの連作タイトルに選んだと語っている。

この四編の連作は、作者の分身である〈わたし〉が、〈過去に自分のいた場所〉、というより、太平洋戦争末期に特攻隊将校だった父親が〈過去にいた四つの場所〉を訪れ、その過去への旅の途上で、戦後三十年後に自殺に近い形で死んだ父親の底知れぬ苦悩と対峙する話である。敗戦の年に結婚し、その妻が〈わたし〉を妊娠したために、突撃命令が部下達より後回しの八月十八日とされ、八月十五日の終戦によって生き残った父。戦後自分の特攻隊体験を全く語らなかった父は、実は生きるために婿養子となり、子供をつくったのではないか、だからこそ自分の身代わりに死んでいった部下達への負い目が、父の戦後を闇にしたのではないか。そんな〈わたし〉の亡夫への想いが、「燃える塔」の四つの旅のモチーフとなっている。

第一章「眠れる月」で、〈わたし〉は、父が配属されていたY市のO飛行場を訪ねる。O飛行場のそばで父が下宿していた家の子供だった野川からの誘いの電話に導かれて旅に出た〈わたし〉は、列車が海底トンネルに入り、海底に潜り上昇に転じる瞬間を、列車の座席に転がっていたビールの空き缶の動きで感じとる。と同時に、野川の、〈飛行機乗りだったお父さんは、海底トンネルが上昇に転ずる瞬間が分かると語っていた〉という言葉を思い出す。このように、海底トンネルに潜る列車内から作品世界に入る設定には、この連作小説が海底の闇に下降するように自身と父との心の深部に降り立つ旅を描くものであることを予告する意図が感じられる。それとともに、〈わたし〉が始発駅から乗った時から座席に置かれていたカンビールは、〈ビール以外の酒をほとんど飲まな〉かった父の忘れ物である事も暗示し、永遠に行方不明になってしまった海底トンネルの乗客である亡夫を探す旅の始まりをも語っている。

野川の家の、かつて父が下宿していた部屋に一泊させてもらった〈わたし〉は、夢の中で、米軍戦闘機グラマンに襲撃されているO飛行場を見に行く。そして〈野川さんの声を持つ若い頃の父〉に出会う。翌日、野川と妻、娘達とともにO飛行場を訪ねた〈わたし〉は、その途中で姉娘から、O飛行場の周りの川は、循環して元の場所に帰るという話を聞く。その後、野川さんと二人だけで、父の実家までS川を遡った〈わたし〉は、実家の手前の旅館で、〈父のような〉野川さんと結ばれる。

第二章「海からの客」では、〈わたし〉は、戦後、大学教師となった父が勤めていた瀬戸内の臨海実験所を数十年ぶりに訪ねる。現在、その実験所には、学者の瀬山と助手の美津子、瀬山の後輩の平川がいる。彼等は、戦争の死者が変身したというカブトガニを研究している。この研究所に泊まることになった〈わたし〉は、海岸でカブトガニに体を攀じ登られる父の姿を夢に見る。翌日、瀬山とゴムボートで沖に出た〈わたし〉は、海底にびっしりとカブトガニの群れが広がる光景を目撃し、〈彼等に来い、と言われれば、行くしかない〉という瀬山の決意を聞く。その夜、〈夢とうつつの境の道〉を〈わたし〉は、美津子と体を寄せ合って歩き、丘の上から、海岸に立つ瀬山が夢の中の父のように無数のカブトガニに取りつかれ、海の中に運ばれて行く姿を見送る。美津子と抱き合うことで生じる性的快楽に酔いながら。

第三章「鳥たちの島」では、〈わたし〉は、自らの意志ではなく、ダイビング中の事故で、非常な重力を持つ沖島に流れ着く。そこには、〈トッコウ、トッコウ〉と鳴く鳥が住み着いている。そこで〈わたし〉は、父の部下で特攻隊として死んだ沖田守の妻節江と、守の遺児の時夫と水奈子の家に泊まる。翌日、水奈子は〈わたし〉を水奈子の父親が最も好きだった場所に案内する。そこは、清水が湧き出る岩穴で、守と節江が逢引をし、時夫、水奈子を生み出した場所だという。そして、水奈子は、〈父の上官だったあなたの父親は妻が妊娠している事を公表して生き延びたが、部下だったわたしの父は、子供がいる事を隠して死んでいった。これは、あなたの亡父の問題ではなく、生きているあなたの問題ではないか。〉と、〈わたし〉を攻め立てる。その夜、夢の中で十二歳の少女に戻った〈わたし〉は、郷里の家で、大鳥になって我が家を訪れた四人の特攻隊員を迎える。その四人の中には沖田守もいる。父は彼らに嘴で頭をつつかれた後、彼らの翼で彼らの島に連れ去られようとする。その光景を見ていた〈わたし〉は、父を救うため彼等の中に突進する。翌日、トッコウ鳥に会いに行った〈わたし〉と時夫は、恋人のように手を握り合い、砂浜に寝転んで、永遠の時の流れの中でトッコウ鳥を待つ。

そして最終章の「燃える塔」で、〈わたし〉は、昔住んでいた聖堂のツインタワーのある町を訪れる。ラジオのディスクジョッキーで、浜辺に、現実には既に焼失したツインタワーをなんども浜辺の砂で作りなおす男と、その砂のツインタワーを発見した母娘、そして本物のツインタワー再建に奔走しているソラーナ神父の存在を知ったからである。故郷の町に着いた〈わたし〉は、疎水沿いの道を歩いている間にいつか十歳の少女に戻り、街並も昔のままなことに気づく。そして本物のツインタワーもまだ存在している事を確かめた後、〈わたし〉は、やはり昔通りの父の研究室を訪ねる。そして、〈わたし〉を置き去りにしようとする父を追う〈わたし〉は、特攻基地の襲撃によって死んだ男の妹と逢引する父を見出す。さらに、聖堂のそばにある石灯籠の下のスナック喫茶「ダイアリー」にまで父を追跡した〈わたし〉は、そこで、特攻隊員達の戦死した日時が描かれた無数のジョッキを見つけ、〈自分は生き延び、少年達を死に追いやったズルイ男〉と「ダイアリー」のママに罵倒されることに快感を覚える父を目撃する。そして最後に、浜辺で、〈父さん〉を想起させるTと、Tの作る砂のツインタワーを発見した母娘とソラーナ神父と〈わたし〉が、再びツインタワーを完成させる。さらに、そのツインタワーが夕焼けの中でゆっくりと燃え上がった時、周囲のすべてが消え、〈わたし〉だけがひとり残される。

このような連作小説『燃える塔』に共通する第一の要素は、水のイメージである。「眠れる月」では、O飛行場を循環する川と父のルーツにつながるS川が、「海からの客」では、戦死者の変身したカブトガニが住み着く海が、「鳥たちの島」では、〈わたし〉を沖島へ運んだ海と、沖田守と節江の愛の巣へ通じる清流が、「燃える塔」では、〈わたし〉の故郷を流れる疎水と、Tが砂のツインタワーを現出させる海岸が描かれる。こんな海と川の描写には、川から海の暗闇へ特攻隊の飛行機のように突っ込んで行く感覚によって、毎晩眠りの暗闇を手に入れていた作者の父の〈在り方〉と、生と性と死を内包する水のイメージへの作者のこだわりが強く反映されている。また、登場人物たちも、時夫と「ダイアリー」のママという〈時間〉を想起させる二人の人物以外は、野川、瀬山、平川、美津子、沖田、節江、水奈子と、水に関した命名がなされている。こんな設定にも、少女期を過ごした山口市の一ノ坂川や防府市の佐波川の流れを自らの感性のルーツとし、趣味のダイビング中に、海底で、父や、懐かしい死者達に出会う体験（「私のなかの海」）をした髙樹の、水への深い郷愁が反映されている。髙樹は〈水中では生理的な恐怖によって、社会的関係は削ぎ落とされて、男女は一個の異性になる。〉（「黒井千次との対談「水の中の男と女」」）とも語っている。

連作に共通する第二の要素は、かつての〈わたし〉を思わせる少女と、かつての〈わたし〉の家族を思わせる人々の登場である。「眠れる月」の姉娘は〈わたし〉と同様、額にマイマイ〈時計と逆回転のつむじ〉があり、子供の頃の〈わたし〉の着物と同じ柄の枕で眠り、野川は〈わたし〉の父に、その妻は若い頃の〈わたし〉の母に似ている。「海からの客」の美津子は、〈わたし〉の若い頃と同じ髪型をして、〈父に似た〉瀬山を慕っている。「燃える塔」の〈わたし〉は、まさに〈十歳のわたし〉そのものになり、若い父を追跡する。そして、その父は、Tとしても登場し、やはりかつての〈わたし〉と母に似通う母娘とともに、ツインタワーを作る。

第三の要素は、作中の〈夢〉と〈現《うつつ》〉、過去と現在の曖昧さである。O飛行場で出逢い、カブトガニに襲われ、大鳥になった特攻隊員に連れ去られそうになる父は、〈夢〉の中の〈昔〉の父でありながら、〈現《うつつ》〉の〈今〉の父でもある。そして最終章の「燃える塔」では、ついに、すべてが〈夢〉となり〈現《うつつ》〉となって、十歳の〈わたし〉が、父である〈T〉と、砂の塔を完成させる。

第四の要素は、〈わたし〉が「父の居た場所」で饗される家庭料理である。「眠れる月」では、〈鮎の煮付け、川ゼリのおひたし、鳥肉と豆腐をくずで絡めたもの〉「海からの客」では、〈刺身、煮魚、乾しエビの散った寿司〉、「鳥たちの島」では、〈島の焼酎、赤イモの天ぷら、夜行貝の刺身〉さらに「燃える塔」では、〈わたし〉は何も食べないかわりに、父が〈特攻隊員達が来る場所〉で苦いビールを飲む姿を目撃する。〈わたし〉はこのような特攻隊員の遺族の料理を味わいながら、また父のビールの苦さを想像しながら、父の背負った罪の重さを実感していく。

そして、連作に共通する第五の重大な要素として、父、あるいは父の分身としての中年男性たちとの性的交感がある。「眠れる月」で〈わたし〉は、野川の下腹部の〈鉄のようにかたく熱いもの〉に触れることで、父を感じる。「海からの客」では、カブトガニに海中に連れ去られる瀬山の屈辱的快楽が、〈わたし〉の分身とも言える美津子との同性愛的な触れ合いによって、〈わたし〉にも共有されている。「鳥たちの島」では、中年の父の体臭を感じさせる時夫と、浜辺で時空を越えた恋人のような睡眠に入る。「燃える塔」では、十歳の〈わたし〉は、いつか父の逢引相手に同化し、父の愛撫に身を任せる。髙樹のぶ子は性愛によって男女の〈生〉を浮き彫りにする作家として知られるが、連作「燃える塔」でもまた、自身と父の〈生〉と〈性〉を探る為に、〈わたし〉に、様々に姿を変えた父親と、夢の中での交わりを繰り返させている。小説の収束部で朱色の陽を浴びて「燃える塔」は、まさに、「眠る月」の野川の〈かたく熱いもの〉が爆発する姿であり、父の〈生〉と〈性〉を辿る旅路の果てに〈わたし〉が行き着いた性的エクスタシーの具象化でもある。

　この五つの要素に見られるように、連作『燃える塔』は、〈戦争で部下を死なせ、自身が生き残った上官の苦悩〉という社会的、男性的主題を掲げつつ、その背後で亡夫への永遠に報われない性的思慕を告白した、まさに非社会的で女性的な、〈夢〉と〈現《うつつ》〉の境をたゆたう「海底の物語」なのである。

（東洋学園大学教授）

『エクスタシィ』――深澤恵美

『エクスタシィ　大人の恋の物語』は二〇〇三年四月五日にＫＫベストセラーズより刊行された。高樹のぶ子をはじめとする女性作家八人による短編集である。収録作品は高樹のぶ子「午後のメロン」（文春文庫『湖底の森』）、小池真理子「緋色の家」（講談社文庫『記憶の隠れ家』）、藤堂志津子「海辺の貴婦人」（講談社文庫『プワゾン』）、篠田節子「コンセプション」（集英社文庫『愛逢い月』）、皆川博子「紅地獄」（集英社文庫『薔薇忌』）、稲葉真弓「浮き島」（講談社『声の娼婦』）、高橋洋子「匂い」（新潮社『金魚時代』）、阿木燿子「エーゲ海のように」（マガジンハウス『ベッドの軌み』）。本書は大人の男と女が綾なす恋愛小説アンソロジーである。書籍カバーは赤を基調にしており、タイトルは金字で「EcstAcy」。帯には〈甘く、切なく、激しく、……残酷。〉とあり、女性作家が描く恋愛と官能の世界を体裁からも漂わせている。

人は恋愛をすると、多くの喜びを得ると同時に多くの悲しみをもつ。そして、恋愛の喜びにのみ目を向けがちである。高樹のぶ子の描く物語は、恋愛の喜びだけを描いたものではない。恋愛の奇麗ごとだけを並べたものでもない。恋愛感情を持ったためにもたらされてしまう苦悩や痛み、嫉妬、加えて、官能の悦びなど、人が抱えつつ内部に秘めているものを余すことなく表現している。読者は高樹作品に触れることで、現実以上のリアルさを感じ、息を呑む。髙樹作品にはそのような読者を魅了する力が秘められている。

「午後のメロン」は一九九三年一月に文芸春秋から刊行された『湖底の森』に収録されたものである。（二〇〇〇年一〇月より文春文庫として刊行。）雪子と母松子、雪子の恩師深江の三角関係を描いた物語である。

雪子は離婚後松子と二人で生活していたが、松子は動脈瘤破裂により死去してしまう。松子の死後三ヶ月ほどして、雪子の前に小学校四年の時の担任だった深江が弔問に訪れる。深江は雪子の初恋の人であった。雪子は〈人生では決して起こらなかったこと、無計画で行きあたりばったり、よく言えば情熱的だが要するに状況と情の両方に押し流されて〉、その日のうちに深江と結ばれる。蜜月の中で、深江は雪子の両手首をネッカチーフで縛って見せる。深江が去った後、雪子は手首に残された赤く充血したネッカチーフの縛り跡に思いを廻らす。見覚えのある、赤く充血したネッカチーフの縛り跡。雪子は自然と記憶を辿ることになる。深江が担任だった時のこと。放課後雪子は校庭で竹棒に上るのを深江から勧められる。言葉に従い雪子は上るものの、竹棒から落ちて肋骨にひびの入る大怪我をしてしまう。責任感からか深江は雪子の見舞いに度々家を訪れた。好きな先生にちやほやされる心地良さに雪子は喜びを感じていた。病床で体の痛みを訴えれば深江からは鎮痛剤を与えられまどろむ生活。三十三年ぶりに深江と逢ったことで、その時の記憶が雪子に呼び覚まされていく。そして自分の手首に残された跡と同じものが、三十三年前の松子の手首にもあったことに辿り着く。残酷な事実、それは…母と松江が関係があったと意味することであった。手首のネッカチーフの跡が松江と雪子と雪子の恩師深江の三人を結びつけ、三十三年の時を経た三角関係を浮かび上がらせてくる。

「午後のメロン」は冒頭、松子の死の説明から始まる。病気マニアともいえる松子であったが、自覚症状なしの動脈瘤破裂で他界してしまう。そんな母の死について雪子は、

長いあいだ抱えていた時限爆弾が破裂したわけだが、いまとなっては本人が気がつかなくて幸せだったと思えるようになった。

ととらえる。〈本人が気がつかなくて幸せだった〉こととは死の病だけではない。世の中、案外気がつかないほうが幸せなこと、楽なことが多いものだ。気がつかなければ幸せでいられたのに、気がついてしまったために今までには無い苦しみを背負うことになってしまうこと。雪子は初恋の人と思いを遂げた。しかし、その結果として厳しい事実に気がつくことになる。松子と深江の関係、自分が痛み止めによってまどろんでいた間に憧れの先生と自分の母親が関係していたという事実である。加えて、自分の大怪我は深江によって、故意に落とされたものではないかという疑惑までが心に沸き上がってくる。

髙樹作品の凄さは、人が気がついてしまった故につきつけられた苦悩を描いているばかりではない。気がついた結果として派生してくるであろう疑惑までも記している。そしてまた、人が得たもの以上に失ってしまうもの、代償を読者に暗示している。雪子は自ら〈人生では決して起こらなかったこと〉をしたことによって予想外の事実に気づく。同時に雪子の心中に存在していた陰りの無い思い出は喪失されてしまう。病床での憧れの松江が見舞いに来てくれたという優越感や満足感は間違いなく色褪せたものに変化してしまうからだ。

振り向くと、仏壇の前に色鮮やかなメロンが転がっている。

物語は松子に供えられたメロンの描写で終わっている。この物語は松子の死去した後の後日談である。先にも触れたが、松子の死から物語は始まっている。そして、三十三年ぶりに深江は他界した松子を弔問するために雪子のもとを訪れた。松江の弔問をきっかけに雪子の記憶には在りし日の若き松子の姿が生き生きと甦る。松子は亡き人である。当たり前であるが、松子は物語の中では記憶として語られるだけである。しかし、松子の存在はとても大きい。物語は雪子の視点に沿って語られてはいるが、読者には雪子よりもむしろ女として生きている松子の姿が鮮明に伝わってくる。松子の訃報に三十三年前に関係した情夫が訪ねてくる。真実を知った娘からは、女としての嫉妬を受ける。読めば読むほどほどに、若き日の松子のことが、人間の本能にしたがって生きた女の姿がありありと見えてくる。そのようにとれる、「午後のメロン」は松子の物語といっても過言ではないだろう。

（群馬県立松井田高等学校教諭）

『ナポリ 魔の風』——迷宮の果てに見たもの——

関野美穂

もし運命というものがあるとすれば、それはまるで迷路のようなものだ。人はその迷路の中を、自分で決めた道を歩いていると錯覚しながらさまよっている。そしてその時々に、自分で選び取っていると思っている道も、実は自分の預かり知らぬところで、誰かが仕組んだものなのかもしれない。

その迷路をすべて見渡すことが出来れば、人は迷いなく生きられるのだろうが、迷路を見渡すことが出来るのは神しかなく、人はだから運命から自由でいられるとも考えられる。迷路の角を何処でどの方向へ曲がるかという自由。あるいは、運命などないと思う自由。あるいは神はいないという自由。その自由の中で生きていくために、人は強固な自分という存在を保ち続けていなければならない。

『ナポリ 魔の風』の主人公、草間恵美子もそんな女性である。音楽家の両親を持ち、自分も音楽家になるべく生きてきたはずだが、結局〈ピアノ教師以上になれなかった〉という意識は、どこかで自分自身を必要以上に張り詰めさせておかなければ、存在自体が崩れ去ってしまうような危惧をもたらすはずである。何者にもなれなかったという思いの背後には常にそういった類の危機感と焦燥が潜んでいる。そこで自己を規定する何かが必要になってくる。恵美子はそれを〈日本の松みたいな〉恋人である安部渡の安定感に求める。〈両足に同じように体重をかけて〉立つ恋人に恵美子は依拠し、〈そんなものだ〉という恋人の言葉で心の平静を手に入れる。言い換えるならば、恵美子は安部渡という存在によって自分の存在の枠を明確にしようとしているのである。

しかし一方で、決して彼女はすべてを安部に委ねようとはせず、また、安部のすべてを所有しようともしない。そこには彼女自身の人間というものに対する拭いがたい不信感があり、そこから人間と人間との関係の中で絶対は存在しないという迷いが生まれてくる。絶対的な信頼関係を得たい人間からいつかは裏切られるかもしれないという不安とジレンマは、自分にとってその相手が大切な存在であればあるほど深く心に突き刺さってくる。それは人間が、自分という存在に固執することからもたらされる業苦でもあり原罪でもある。その苦しみを抱えながらも自分らしくありたいという欲求から人間は逃れられない。人間のもつ苦しみは、結局自分らしくあろうとするところにあるともいえる。恵美子はそんな苦しみを抱えながら生きている。彼女が自分自身であろうとすればするほど、自己肯定と自己否定の間の、深い迷いの中に落ち込んでいく。

その迷いによって彼女は破滅的な迷路へと導かれていくのである。彼女がルオータに興味を抱くのも、この迷いがあるからだ。彼女がルオータに見るものは、単に歴史的遺物としての装置ではなく、そのシステムを成立させ、生と死、聖と俗、ありとあらゆる清浄と汚濁とを飲み込んで並存させる、ヨーロッパ的な精神風土である。そのターンテーブルに象徴される、赤裸々な人間として生きることの真実らしさに彼女は限りなく惹かれるのである。聖女にもなれず、悪女にもなれない葛藤を丸ごと昇華させるためには、自分が生きてきた価値体系とは違う世界へと飛び移ることが必要で、その道に彼女は、本来の自分として生きることの可能性を見るのである。

だがそれはあくまでも可能性であって、彼女はその果てにあるものが幸福であると無条件に信じることが出来ない。それは恵美子が、ミチコ・カラファをその道の果てを行く存在と見るなかで、そのミチコの生き方を自分らしく生きられているものとして肯定することができないからである。だから、ナポリという混沌に染められてしまったような彼女が、ナポリで死ぬか日本で死ぬかということは、恵美子にとって重要な問題になるのである。彼女がミチコを日本へ連れて行こうとするのは、一方で日本に土台を持つ恵美子のアイデンティティが試されているということでもあるからだ。ミチコが日本に帰ることを望めば、日本人である自分やミチコにはナポリの卵はやはり毒であったということが証明される。逆に彼女がナポリで死ねば、聖ジェンナーロの血は芳醇な美酒だということになる。その先には妖しくも輝かしい生と死が混在する地平が開けている。

その魔力とでも言うべきナポリの風をまとって、ドニ鈴木は恵美子の前に現われる。二百五十年前にルオータに載せられたカストラートの生まれ変わりだという彼が恵美子に指し示してみせるものは、そのナポリの光と影に彩られた極彩色の世界であり、それは恵美子の人生に対する確固たるスタンスを根こそぎなぎ倒し、ひっくり返してしまう程の力を持っている。彼は恵美子が無意識に望んでいるものを見透かし、周到に彼女をその世界へと誘おうとするのである。〈善悪なんてどうでもいい。きれいならいいんです〉というドニ鈴木の価値観を、恵美子は表面的には否定しながら、その圧倒的な力に対抗することが出来ず、ずるずるとドニ鈴木の住むおぞましい世界に引きずられていく。ルオータからドニ鈴木へとつながるイメージが作り出しているのは、彼女にとって抗いがたい、人間が生の本来の姿を全うすることのできる原初的な魅力なのである。

それは丁度、恵美子の目の前で、ドニ鈴木が作り上げた舞台がくるくると回されているようなものである。舞台には血管になってまで主に命をささげた男女の標本や、命の果てまで見てみなければ気のすまない錬金術師や、未来を夢見ることの出来ぬカストラートたちが雑然と立ち並び、かたや降架されたキリストの姿があるかと思えば、一方では聖人の血がどろりと流れ出しそうになり、路地裏では汚物が撒き散らされている。その中には彼女自身さえもいて、皆がドニ鈴木の作り上げたストーリーを高らかに歌い上げ、彼をほめたたえている。恵美子は魔に魅入られたようにそこから目を離すことが出来ない。それは、彼女の魂が、彼女の意志に反し、そこに同化しようとするからである。自分がアンナ・マリア・ペルッツィの生まれ変わりであると信じられることが、彼女の魂を逆に迷妄の中から救ってくれる。先の見えない現実で形のない自分を探して歩くよりも、出自の明らかな存在の方がどんなに未来は判りやすく明るいことだろう。その誘惑が今の自分のすべてを破壊しつくすと知っていても、彼女にはそれを選ぶ自由があり、そこに解放される自分を見るのである。

そのための止めを刺すように、ドニ鈴木は安部との絶対的な精神の結びつきを恵美子に見せつける。彼女はその前にひれ伏すしかない。確かにそこには恋人を、しかも男に奪われた女の敗北感もあるのだが、それ以上に重要なのは、混沌のもたらすおぞましい美が光彩を放ち花開く様を、彼女が目の当たりにすることだ。彼女は、魂が渇望する永遠と絶対の猥雑な姿に屈服させられたのである。

だが、恵美子はその極限を目にして、その世界から決別する。彼女にはその世界を選び取る余地も残されていたはずだ。それにもかかわらず、何故彼女は安部を残し、そこから立ち去ったのか。それはその世界が彼女にとって何も生み出さないものだったからではないか。人間の絶対的な精神の結びつきが、その妖しげな地平にしか成立しないということは、彼女の日本的な〈良心〉にとって許されざることなのだ。彼女は自分の意志でその世界を存在しないものとし、見えないものとしてしまう。彼女が最後に選び取ったのは、日本的な〈良心〉に拠って、女として肉体を持つ現実を生き、それが自分の存在を形作ることができるのを証明する道だったのだ。

けれどもそこに恵美子を導いたのは、紛れもなくドニ鈴木である。彼女が自分で選び取ったはずの道も、実はドニ鈴木によって、彼の賛美者として歩まされた道なのかもしれない。彼女は自分の道を歩いていると確信している。しかし、いつかまた、彼は現われるだろう。

（二松学舎大学東アジア学術総合研究所助手）

『熱い手紙』——高樹のぶ子の熱い初エッセイ——小暮正則

高樹のぶ子の『熱い手紙』を読んだ。『熱い手紙は』は一九八〇年から一九八八年まで、筆者三十四歳から四十二歳までのエッセイを集めた作品であり、筆者初のエッセイ集である。よって、その後続々と出される（最新刊は『妖しい風景』）作品と比べるとやや生硬な印象を受けるが、その分新鮮であり、また、熱いのである。それがこのエッセイ集の魅力といっていい。

このエッセイ集は「青春残夢」「懺悔と快楽」「夢の余韻」「私は私」の四部構成になっている。そして、そこで語られているのは、恋愛、結婚、女としての生き方、故郷（山口県防府）、団塊の世代、青春、映画、芸術、アメリカ、南の島、ダイビング、戦争を知らないことへのこだわり、性の匂い等々であり、これらはいずれも高樹文学を形作る重要な素材となっているものである。小説家のエッセイを読む興味のひとつはそこにある。つまり、高樹文学の舞台裏をのぞくことが出来るのである。

「青春残夢」には、早や青春と言うものが遠のいてしまったが、気持ちの上ではまだ様々な思いを引きずっているという年代であるところの筆者の思いが記されている。昔、「青春時代」という歌があり、確か「青春時代が夢なんて、後からほのぼの想うもの。青春時代の真ん中は、道に迷っているばかり」という歌詞であったと思うが、ここには道に迷った青春時代を通り抜け、多少見通しの利く所に出た筆者が、ホッと一息ついて、過ぎこし青春を〈ほのぼのと想〉ったとの感のエッセイが多い。

すでにあれから十五年を隔てたいま、遠い記憶の中に浮かぶあの日この日。三十七歳という私の年齢で、青春を終わったと認めることは、かえって不遜《ふそん》で怠慢な気がしないでもない。しかし、あのような日々は二度とありえないことも確かだ。意識だけが知識を越えて駆けまわっていた日日。未熟さと倣岸さが混沌《こんとん》として、それでも輝いていた日々。

（「青春残夢」）

そうした筆者の年代も、最早社会を支える側や或いは後から追われる側に回っている。そんな同世代への熱いメッセージが語られ、また、かつて激論を交わした友への思い、恋愛論、自らの結婚の失敗と新たな結婚への道程、女性としての生き方、さらには、筆者の確かな経験と思索から生まれた含蓄のある、若い人たちへのメッセージ等々が熱い言葉で語られている。ほぼ同時代を生きた者としては、甘酸っぱくもほろ苦い数々の思い出が心に浮かび、思わず本から眼を離して回想に浸ることしばしばであった。

次の「懺悔と快楽」のエッセイ群の中では、表題の文章が面白かった。タイトルに違わずちょっと妖しく刺激的な内容なのである。ここで筆者は学生時代の、本の万引きの経験を懺悔する。そしてその本は今も筆者の書棚の中にあるのだと言う。何故かと言えば、

この、疚《やま》しく憶い出したくもない記憶、つまり捨てるに捨てられない異物を抱え込んでいる状態に、ある種の快楽が無くもないからである。ちょうど人に知られてはまずい恋を体の一部に抱えこんでいるときのように、ともかく体内に入り込んだ異物と、その異物が放つ内からの熱のようなものを、苦しい、辛い、と言いながら、甘美に感じるしたたかな部分があるということだろうか。

この〈異物を抱く〉という状態自体、悪とか罪とかの匂いに充ちているのと認めないわけにはいかない。異

物を甘美に感じるとなれば尚更《なおさら》だ。

また一方で、こうした十七年ぶりに不祥事を懺悔《ざんげ》し、恥多きこととして隠蔽《いんぺい》してきた部分を思い切って体から押し出す瞬間、いまひとつ新鮮な、何か鳥肌が立つような快楽を覚えると言ったら、神はもう赦《ゆる》してはくれないだろうと思う。

（「懺悔と快楽」）

このような文章を読むと、女性というのはいつもこのような甘美な秘め事を、また、性の匂いのようなものを抱いて生きているのかという思いで、男としては何やら空恐ろしい気持ちになる。筆者の面目躍如というところである。

「夢の余韻」中のエッセイ群には、故郷について語られたものが多い。故郷は誰にとっても懐かしくも、また重苦しいものなのであろう。ここでは、その故郷というものと筆者は向き合っていく。

ふるさとは切なく煩わしいものだ。

ふるさとに住む友人知人が煩わしいのではない。自分の体に棲む、ふるさとへの思いが煩わしいのだ。それでいて切ない。

私がふるさとを思うときは、否応なく、未熟で未完成だった自分に出会うことになる。その未熟さが招いた様々の、思い出したくない出来事もよみがえってくる。ふるさとを出てのち、自分もずいぶん変わった。だが、ふるさとには、少なくとも私の心の中に在るふるさとには、これではいけない、こんな状態では駄目だと否定しながら歩いてきたこの二十年間を遡って、その原初の自分が、嫌な部分をいっぱいぶらさげて、田中の道を自転車で走っている。

（「未熟な自分に出会う」）

筆者もふるさとに「夢の余韻」を残しているのだろう。嫌でどんなに否定したくとも現在の自分はそこに繋がっている。それがふるさとだ。そして、作家髙樹のぶ子の原点がそこにある。髙樹文学の諸テーマ、取り上げられる様々な素材、それらの多くが、このふるさとに繋がっているのだ。

最後は「私は私」と言う表題でまとめられたエッセイ群である。この「私は私」と言う思いは、年齢を重ねるにつれて表に出ることは無くなり、心の中に諦めに似た思いと共に秘められることが多いものである。もう自分というものを引き受けて生きていく以外ないのであり、口を尖らせて主張する向きはなくなっていく。「私は私」での「私」は、青春の名残の感はありながらも、矢張り「熱い」のだ。後ろ向きに自分を引き受けるのではなく、自らがその歩みの中で学び得たものを信じ、そこで磨かれていった自らの感性を信じるのだ。そうした積極的な、プライドに根ざした自己肯定が根底に仄見えるエッセイ群なのである。

「青春残夢」、「懺悔と快楽」、「夢の余韻」、「私は私」の四部構成からなる髙樹のぶ子の初エッセイ集『熱い手紙』は、処女作がその作家の生涯の方向を決定づけているのと同様、筆者のその後の作品の核となるものがすべて織り込まれた、興味深い作品なのである。

人を動かすのは、熱い心から出た熱い言葉だ。熱い心を失わないのは、筆者が人を愛し、自分を愛しているから、そして、信じているからであろう。それが筆者の美質である。筆者は書いている、「人間が人間に及ぼす影響のなかで、最も深い部分を揺りうごかすものは何だろうと考えてみるとき、友情や信頼、無償無私の行為といった、人間の美質がもたらす抗いがたい力を思わないわけにはいきません（「友情」なんて「恋」の前では無力）」と。

筆者の美質からほとばしる熱い思いが、読み手の心に気持ちよく注ぎ込まれるのを感じる、そんなエッセイである。私も『熱い手紙』が書きたくなった。

（武蔵野女子学院高等学校教諭）

『フラッシュ　バック　私の真昼』――「作家の言葉」ということ――庄司達也

本書は、一九九一年六月に文芸春秋より刊行され、二〇〇三年七月に文春文庫の一冊に加わった、著者としては二冊目のエッセイ集であり、おおよそ一九八七年から九〇年にかけて発表された七十六篇が収められている。また本書の構成は、「フラッシュ　バック」、「作家の小箱」、「私のなかの海」の三章からなっている。書名の「フラッシュ　バック」は巻頭の章題ともなってはいるが、同題のエッセイがあるわけではない。また、副題に掲げた「私の真昼」にあたるものは、章題にも収められたエッセイのタイトルにも見あたらない。第一エッセイ集『熱い手紙』（88・10）ではそれぞれのエッセイの末尾に初出誌（紙）などの書誌が載せられており、多彩な場で発表を続ける著者の活躍が示されていたが、本書の場合、単行本では巻末に「初出一覧」が載せられていたが、文庫では省かれている。ちなみに、「目次」の後にある中扉には「フラッシュ　バック――私の真夏――髙樹のぶ子エッセイ集」（傍点は稿者）と単行本と文庫の双方にあるが、これは単純な誤りであろうか。

さて、本書には、髙樹が趣味としているダイビングの体験や旅、或は映画などに関わるエッセイが多く載せられている。このことは第一エッセイ集にも共通するところだ。日本人の海外でのダイビング・ブームは、一般には原田知世が主演した「彼女が水着に着替えたら」（87）の上映が引き金になったと云われているので、髙樹のそれは、かなり早い時期に始められたということになる。また、向かう先の海外というのも、当時、一般にはグアムやサイパン、ケアンズ、フィリッピンなどへのツアーが多く組まれ、海外へと向かうダイバーたちがそれらに参加していた中で、髙樹のようにモルディブを選ぶという人はそれほど多いわけではなかった。その辺りのことは髙樹にも自覚されていたようで、〈インドやスリランカは知っていても、モルディブ共和国について、ほとんどの日本人は知識がない。〉と「忘れる」に記している。

ダイビングの話と同様に、『熱い手紙』でもしばしば取り上げられていることがらに、彼女の夫君との話題がある。一九七四年から居住する福岡は、夫君の仕事の関係から転居した先であったらしい。「福岡」の話題もまた幾たびも登場している。短大入学を契機に郷里の山口を離れ上京した髙樹は、それから十数年後に福岡の地へと移る。その福岡の地での生活を〈どっかりと腰を落ち着けているではないか〉（「私の中の三つの土地」『熱い手紙』）とかつて記したが、本書でも同様の思いを有していることが知られる。いや、より強く意識し始めた、と紹介した方が適当かも知れない。本書では、〈根っからの九州人ではない私が、初めてここに移ってきたとき、それらの九州人独特の感性に後ずさりしたこともあったが、いまやこの自主自尊の気風は、私の体をすっかり染めてしまい、私の小説世界へも強い影響を与え始めた。つまり、誰が何と言おうと、どう思われようと、とりあえず身内を吹く風、体内を流れる血を信じ、それに従って後悔せず、というふうに。〉（「豊かな独立国」）と記すに至っているのだから。

同じ話題から書き始められても、前著『熱い手紙』とはその相貌を異にする面が本書には認められる、ということにも触れておきたい。例えばそれは、福岡での夫君との生活を述べる際にも立ち現れ、また、髙樹自身の恋愛や結婚、そして離婚の経験を語る際にも見られる変化である。前著では、〈私が原因で、失敗〉した結婚生活を語った後、〈そんな私が、今また別の結婚生活を送っている。子を成し、育て、妻は家庭にいて家族の面倒を見、夫は妻子を丸抱えにして運んでいくという、世間並みのかたちとは少し違うが。〉（「失敗者の悪い囁き」）と綴ることでその先へは進もうとしなかった髙樹の筆が、その五年後に発表した「辛い季節のなかで」での末尾では、〈あまり自慢にならない過去だが、最初の結婚を御破算にするだけの事件が起きなかったら、書き始めるまでもっと時間がかかっただろうし、小説に憧れながらも結局、永遠に書かないでいたかもしれない。〉と、作家髙樹のぶ子誕生に関わることがらに及んでいる。随分とありきたりな言い方をすることをお許しいただければ、やはり、ここまで語るためにはそれ相応の時間が必要だったのだろう。エッセイ集という作品を通して作家髙樹のぶ子の姿に触れる読者にとっては、前著『熱い手紙』との距離をこのような点に確認することになる。

ところで、本書を読み進めるうちに戸惑いとでもいうべき思いを覚えたことを、ここに率直に記しておきたい。それは、取り上げられた題材やテーマに対してのことではない。それは、不意に、或はあまりに無防備に読者の前に示された、時代や歴史に対する作家自身の認識の在りように関わってのことである。

例えばそれは、血液型による占いが流行っていることを取り上げ、アメリカとの対比の中で、〈単一民族国家である日本人の特徴がよく表れている〉（「血液型」傍点は稿者）と述べている点に認められる。同様の認識の在りようは他の文章にも見られるのだが、自らを〈ノンポリ学生〉（「ダサくてすみません」『熱い手紙』）と呼んではいるものの〈全共闘世代〉を自認する作家として、或いは全共闘の闘士をその作品の主要な人物として小説をものにしている作家として改めて髙樹の歴史認識に注目する時、そこから想像される在りようとの落差に驚かされる。髙樹の言葉は素朴であり、あまりに無防備でありはしないか。

かつて髙樹は、〈「ナチズム」は、それだけでヨーロッパ人の心を刺し、半世紀経っても消すことのできない傷痕を残している、ということだろうが、この前代未聞の人類の悲劇が、映画に限らず、戦後ヨーロッパの芸術世界にもたらした実り（あえて実りと言えば）の大きさも、また測り知れない気がする。誤解をおそれずに言えば「ナチズム」が現れてなかったら、二〇世紀の芸術は、もっと底の浅い、軽いものになった気がしてならない。）（「ナチズムの重き遺産」『熱い手紙』）と綴っている。作家の言葉が作家の意図を遥かに超えて読まれることの恐れを、思わずにはいられない。いや、そういうことではないだろう。〈あえて実りと言えば〉、〈誤解を恐れずに言えば〉と記されてはいても、第一線で活躍する作家がこのような認識を表明していたということに対して、立ち止まり、問わねばならない何ものかがあるのではないだろうか。稿者には、本書『フラッシュ バック』にも同様の問題が潜んでいるように思われて仕方がない。「ナチズムの重き遺産」の末尾は、自国（日本）の歴史を引用する形で綴られた次の文章で結ばれている。

ヒロシマ、ナガサキ、南京、シンガポール――これらの悲劇が、反戦には繋がるものの人間の本性を追究するメスとしては「アウシュビッツ」に遙かに及ばないことを考えると、ヨーロッパの土や建物が、いよいよ重く、深く感じられてくる。

このエッセイ集に収められた旅やダイビングの話の多くが、南北問題やエコロジーという観点から現代社会を相対化し批評する文化論、日本論となる可能性を有しながらもそうはなっていないこと――恐らくは、高樹にそのような意図はないだろうし、また、それが高樹のエッセイが読者に好まれる理由であり魅力のひとつでもあるのだろう――は、或いは、一九八〇年代という時代や社会の在りようとともに問い直されねばならないことなのかもしれない。

（東京成徳大学助教授）

『花弁を光に透かして』

――〈髙樹のぶ子〉を光に透かしてみるとき――

大本　泉

『花弁を光に透かして』は、同じタイトルで朝日新聞日曜版（91・8・4〜10・27）に連載されたものを中心に収録したエッセイ集である。一九九五年二月、朝日新聞社から刊行された。文庫本は、一九九九年五月、同じ朝日新聞社から出版されている。『熱い手紙』（88）、『フラッシュバック』（91）に続いて、三冊目の随筆集である。

構成は、「Ⅰ　花弁を光に透かして」「Ⅱ　思いを織りなす」「Ⅲ　懐かしい日々」「Ⅳ　旅人のまなざし」の四つのテーマに類別したものとなっている。日中文化交流協会作家代表団の一員として訪中したことや、キキ（アリス・プラン）への興味から渡仏したこと等、新しい体験への所感が加えられていることは当然のこととして、故郷や父親のこと、結婚のいきさつや夫のこと、趣味のスキューバーダイビングのこと、飼っている熱帯魚のこと等々については、前作で扱った話題と重なる。社会・政治・歴史観等を直截的に表明したものは、ほとんどない。あくまでも作家髙樹のぶ子の内面と、その身辺への所感を述べたものとなっている。

他方、『熱い手紙』『フラッシュバック』から発展したところは、特に「Ⅰ　花弁を光に透かして」の部分にあると思われる。まず、視角が広がった。自分自身を凝視し、観察する切り口が鋭くなり、単なる身辺への所感から、いわゆる宗教に代替するものへの模索をもふくめて、形而上的思索への深まりと象徴的修辞技法への冴えに磨きがかかったといえよう。

処女作『その細き道』(83)は、「文学界」編集部の高橋一清氏から発信された手紙の言葉の魔力によって生れたという。

〈五月に野呂邦暢を、そしてこの八月に、立原正秋を失いました。荒涼とした野が、目の前に広がっていま す。高樹さん、この野の中に、立ってみませんか。〉(「この野の中に、立ってみませんか」)

髙樹文学は、言葉のロマンチシズムに導かれて生れたことになる。

そして、芥川賞受賞作『光抱く友よ』(84)は、〈ふるさとの佐渡川〉をとおして〈自分の精神の一番深い部分にあるものを書かなければ駄目だと考え〉て誕生した。

処女作を書いた頃から一〇年以上の年月が経ち、『サザンスコール』(91)執筆取材のために花弁の色素を調査・研究した結果、いわゆる小説の、ひいては生命の本質の側面を客観的に表現する説得力が生じたと考えられる。

〈白い花には白い色素はなく(自然界には白い色素など存在しない)あれは気泡と光の関係で白く見えるだけだという。〉たとえば白百合の花を想起すると、わかりやすい。花弁をとおしてたちあらわれてくる〈指で押し潰されたリアリティと、光と気泡によるフィクションの、どちらが美しく感動的か〉という問いは、〈かなしいフィクション〉である〈生命〉への驚嘆へとつながっている。〈嘘が事実以上に人の心をうごかす〉というパラドックスに真実があることを認識しているのであろう。

〈目をこらして心の花弁(結局は自分の)を見つめてみたい。……私の心の花弁を透かして、沢山の人の心や遠い宇宙が見えるかもしれない。〉(「フィクションの悲しみ」)

さりげない表現だが、前に触れた小説・生命の本質への思索を述べているのみならず、髙樹文学が志向するものとその特性にも連なっていると思われる。

髙樹のぶ子は、「あわい（境界）を泳ぐ」の章の中で、〈女と男〉、〈宗教世界と宗教に無関心な世界〉、〈通俗と文学〉、〈生活と仕事のあわいの中でバランスをとりながら日々を送っている〉と述べている。しかし、北上次郎が「巻末エッセイ　あわいに生きる人」の中で、〈あわいに生きたままであるのは大変むずかしい〉（『花弁を光に透かして』朝日文庫、99・5）と指摘しているように、均衡のとれた精神生活の確立こそ難しいのではないだろうか。

少なくとも〈恋愛小説家〉と冠されるに至ったその恋愛小説には、むしろいわゆる二項対立的世界の一方へ傾《かぶ》くところに成り立つ魅力があると思われる。たとえば中短編処女作ともいえる『波光きらめく果て』（85）では、教巳の内面は捨象され、理由や理屈を超えて、教巳に傾斜していく羽季子の「生」が描かれていた。実際に髙樹のぶ子自身、〈恋愛というあの悩ましくも甘苦《あまぐる》しい（これは私の造語）心と体の状態〉を書くことは困難だが、〈恋愛小説は人間の美質を書くこと〉であり、〈人間の美質に敏感な人間、つまりほれやすい資質がなくては、恋愛など描けない〉とも断言している。

髙樹のぶ子は、現代日本における〈個人や社会の成熟と豊かさ〉があるとはいえないと指摘して、恋愛小説の本質につながる〈性〉の問題にも触れている。

〈なぜ日本人は、性を嫌うのだろう。他人をすぐに父親母親にしたがり、自らもなりたがるのだろう。性は制度や秩序を個体の内側から破る潜在的な力をもっている。にもかかわらず、隣人や家族と共通の認識を持ちにくく、自分ひとりがその責任を負わなくてはならない質のものだ。〉（「お父さんお母さんが作った社会」）

描かれた恋愛小説では、男でも女でもない〈お父さん〉〈お母さん〉という制度的な、しかも醇風美俗的でもある曖昧な位置づけを揺さぶり、そして破壊し、「個」や個人のエロスの解放が志向されている。換言すれば、その企図を共有する共犯関係を築くことのできる読者が存在することによって、恋愛小説が成り立つのである。

〈小説を書くというのは水の中にノミでトンネルを彫るようなものだな、と感じることがある。ノミをふるう腕は少しずつ上達していくのかもしれないが、自分がそうして作り出した空間を疑った瞬間、空間は水没する。この危険はどこまで行っても去らないだろう。自分が信じる空間の中でだけ、呼吸していられるのだ。〉(「水に向かってノミをふるう」)

小説を書くという行為の苦悩が、吐露されている。そして、〈自分が信じる空間〉に〈宗教的な力を求めている〉一方で、自己への懐疑が、その水の中の空間もつぶれる〈あやうい状況を、ひそかに愉《たの》しんでもいる〉というアンビバレンツの上に文学が生成されていくことも指摘している。いわば自虐的な殉教者の生の軌跡でもある。小説の創造は、具体的な宗教ではなく、作家髙樹のぶ子自身に帰依する営みともいえよう。プロの作家として第一線で活躍している髙樹のぶ子の畏怖と矜持とが窺われる。

(仙台白百合女子大学助教授)

「葉桜の季節」——散りゆく花より瑞々しく——

眞有澄香

桜の花は、人間を狂気と眠りに誘う。

この一文は、髙樹のぶ子「葉桜の季節」の書き出しである。ここに記されたように、たとえば日本近代文学においては、梶井基次郎「桜の樹の下には」、坂口安吾「桜の森の満開の下」、三島由紀夫「花ざかりの森」など、〈桜の花〉の美しさに魅入られた主人公たちが妄想に取り憑かれ、狂気に向かっていく物語が多くみられる。のぶ子の芥川賞受賞作「光抱く友よ」もまた、満開の桜並木の下で〈無性に、泣きたい気分に引きこ〉まれた涼子が口にしてはならない秘密を暴露してしまう。のぶ子はそれを〈崩壊の熱情〉（「花闇、そして崩壊の熱情」）と呼んでいるが、古来からその美しさや儚さを愛でられてきた〈桜〉は、日本文学の成熟に伴って、そのイメージも多様化されるに至っているということかもしれない。

しかし、のぶ子の関心は、そうした〈桜の花〉に潜む魔力ばかりにあるのではない。むしろ、〈桜の葉〉の方が〈気になる〉という。その理由は、故郷である山口県防府市の〈川という川には桜があ〉り、〈小学校にも中学校にも、必ず桜の木があ〉って、〈日々移ろっていく季節を、この樹木で確かめ〉てきたからだと述べているのだが、花が散り、若葉が出はじめた頃の〈桜〉となれば、儚さや危うさといった従来のイメージとはほど遠い。むしろ、ひと雨ごとに青々と緑を増す葉には、生命の息吹の力強ささえ感じさせる。かつて島崎藤村は自我の目覚めを「桜の実の熟する時」と表したが、愛と孤独を知り、自己を深く意識しはじめた青年のように、〈葉桜〉は瑞々しさと生命感に満ち溢れている。

再び、「葉桜の季節」の一節を引いてみよう。

さて花が散り、葉桜の季節になる。川の水面が光り、セリや葦が川の両岸や中州に緑色の盛り上がりを見せる。陽光を浴びて歩いていると肌が汗ばみ、目を空に向けると、プリズムで分散させられたような紫色や赤や黄色い光条が、白い光源の周縁から刺すように降ってくる。

厳密に言えば、〈葉桜の季節〉とは五月の新緑の頃で、季語としては夏。〈五月晴れ〉という語があるように、五月雨の晴れ間に広がる空には雲一点もない。陽光が降り注ぎ、初夏の気配さえ感じられるほどである。室町時代、宮中の女官たちが隠語的に用いた女房詞《にょうぼことば》では、〈汗〉は〈血〉を意味する語であった。それからしても、〈肌が汗ば〉むような〈葉桜の季節〉は、血湧き肉躍る、生物が躍動する時節なのである。

そうした生きとし生けるものすべての生命が輝き、萌え出ずる青葉の下で、その昔、実に悲しい物語が繰り広げられた。南北朝時代の争乱を描いた『太平記』屈指の名場面といわれる「巻十六正成下向兵庫事」である。現存する史料からは虚構との説が有力のようだが、足利尊氏の大軍を迎え撃つ湊川の合戦を前に、死を覚悟した楠木正成が愛息正行《まさつら》に後事を託して訣別するという悲痛な物語である。忠君愛国の理想的父子像として、戦前修身や国語の教科書に採録されたことで知られているが、この父子訣別の物語がこれほど広く人口に膾炙したのは、一八九九（明32）年に発表された、歌人・国文学者落合直文作詩による唱歌「桜井の訣別」の成功によるところが大きい。

のぶ子が母から聞かされ〈初めて涙した〉という〈青葉茂れる桜井の…〉とは、この唱歌だったのではなかろうか。一番の歌詞は、つぎのようなものである。

一、青葉茂れる　桜井の　里のわたりの　夕まぐれ
　木の下蔭《こ》に　駒とめて　世の行く末を　つくづくと
　忍ぶ鎧《よろい》の　袖の上《え》に　散るは涙か　はた露か

幼な心にのぶ子は、〈あの歌に出てくる「青葉」は葉桜に違いない、「駒」をとめた「木の下蔭」はだから桜の木の下だ、と思いこんでいた〉。それが、最近になって湊川の合戦が確かに五月だったことを知り、〈子供のころにプリントされたイメージは簡単に消せるものではないだけに、ほっとした〉と述べているのだが、〈青葉〉も、〈木の下蔭〉も、〈駒〉も、この唱歌「桜井の訣別」と符合している。

ところで、壮絶な訣別の場面に〈青葉〉を配し、さらにそれを〈夕まぐれ〉に設定した作者落合直文の文学的感性には唸るばかりだが、〈夕まぐれ〉とは〈夕間暮れ〉〈夕真暗れ〉とも書き、〈たそがれ時〉を意味する語である。その夕日が大地に沈む様は、人生が終わりに近づき、衰えの見える頃を象徴的に表わしている。また、〈青葉〉は、若葉が芽吹き、盛んに生い立つ勢いをイメージさせる。すなわち、〈夕まぐれ〉と〈青葉〉とは、死を覚悟した父正成とその父の教訓をのちに体現していくことになる若き正行とを巧みに擬《なぞら》えた、極めて意図的で技巧的な場面設定なのである。二番以降の歌詞は、涙を振り払って死出の旅に赴く父正成に向かい、健気にも正行は〈年こそはいまだ若けれもろともに御共仕えん〉と縋り付く。父は〈早く生い立ち大君に仕えまつれよ国のため〉と諭し、〈老いたる母〉の待つ故郷へ帰るよう命じる。かくして二人は名残を惜しみつつ訣別していくというもので、最終章はつぎのような歌詞である。

六、ともに見送り　見返りて　別れを惜しむ　折からに
　またも降り来る　五月雨《さみだれ》の　空に聞こゆる　時鳥《ほととぎす》
　　誰か哀れを　聞かざらん　あわれ血に泣く　その声を

この別れの場面は〈時鳥〉の声さえ〈血に泣く〉ような、哀惜極まりない情感を漂わせている。〈葉桜の季節〉、幼いのぶ子はこの悲痛な別離の物語を聞き、〈情感が芽生え、震えた〉。もちろん、当時小学校一、二年生だったのぶ子に、『太平記』の内容や「桜井の訣別」の意味など理解できようわけがない。しかし、のぶ子は、そうした世の中の不条理に飲み込まれていく人間の哀れさを直感的に感取し、〈初めての涙〉を流したのである。

〈葉桜の季節〉は、のぶ子の〈瑞々しい感性の芽生えの季節〉でもあったのだ。「光抱く友よ」の最後に描かれた桜の花のトンネルの場面について、のぶ子は〈花のトンネルにも様々な明暗があ〉り、〈この母娘が歩いていくこれからの道が、必ずしも同じ色で染められているわけではないことを、暗示したかった〉（「花闇、そして崩壊の熱情」）と述べているが、〈花〉の〈狂気〉や〈人間〉を描出するには、〈葉桜〉のような青々とした瑞々しい感性が不可欠である。〈別離〉に涙し、〈熱情〉に身悶えする。得体のしれない何かに突き動かされ、〈狂気〉や〈崩壊〉へと向かう人の性《さが》――襞《ひだ》のごとく刻まれたその一枚一枚を、より繊細に、より的確に剥ぎ取っていく。そうしたのぶ子の一連の仕事を支えているのは、一木一草、空や海といった自然すべてから受ける刺激であり、それを感受できる瑞々しい感性なのである。のぶ子作品における自然描写の見事さは、そうした感性が今なお衰えていない証しであり、同時に、それは、光と闇、正気と狂気、幸と不幸、生と死を暗示する以上の力を発揮している。やはり、のぶ子には、儚く散る〈花〉よりも、瑞々しい〈青葉〉が相応しい。

〈葉桜の季節〉には、情感を揺さぶり、心を震わすような物語に出会いたいものである。

（同朋大学助教授）

髙樹のぶ子 主要参考文献

遠藤郁子

単行本

『髙樹のぶ子book』（マガジンハウス、05・3）

論文・評論

三浦雅士『死の視線　'80年代文学の断面』（福武書店、88・3）

狩野啓子「〈展望〉福岡のフェミニズム論争」（「日本近代文学」89・10）

大塚雅彦「少年非行と文学」（「白百合女子大学研究紀要」89・12）

与那覇恵子「『髙樹のぶ子』論―物語の作家」（「解釈と鑑賞〈別冊〉」91・5）

藤田昌司「続・作家のスタンス55　髙樹のぶ子」（「新刊展望」96・7）

清水良典『最後の文芸時評　90年代日本文学総ざらい』（四谷ラウンド、99・7）

後藤正治「現代の肖像　髙樹のぶ子　恋愛は必ず時間に敗れるものです」（「ＡＥＲＡ」00・3・6）

井家上隆幸「エンターテインメント小説の現在　第6回　髙樹のぶ子の巻」（「図書館の学校」00・6）

書評・解説・その他

吉行淳之介／遠藤周作「第84回芥川賞選評」（「文芸春秋」81・3）

椎野静生「書評―『その細き道』」（「サンデー毎日」83・11・13）

井坂洋子「書評―『その細き道』」（「週刊読書人」84・1・16）

――「第90回芥川賞は髙樹のぶ子氏と笠原淳氏」（「週刊文春」84・2・2）

山下勝利「『主婦と作家を両立させたい』―芥川賞の髙樹のぶ子さん」（「週刊朝日」84・2・3）

――「大喝采のなかで真価を問われている芥川、直木賞」（「週刊読売」84・2・5）

――「女優ではありません！芥川賞受賞の美人作家髙樹のぶ子さん」（「文芸春秋」84・3）

丸谷才一・中村光夫・吉行淳之介・大江健三郎・遠藤周作・丹羽文雄・安岡章太郎・開高健「第90回芥川賞選評」（「文芸春秋」84・3）

秋山　駿　「書評―『光抱く友よ』」（「週刊朝日」84・3・16）

高野庸一　「書評―『光抱く友よ』」（「図書新聞」84・3・24）

――「ライター寸描―髙樹のぶ子」（「マスコミ評論」84・4）

青木雨彦　「男と女の集積回路28　つけたしについて―髙樹のぶ子『その細き道』」（「潮」84・4）

――「髙樹のぶ子（文芸―純文学からSFまで、層も厚い多芸・多才の作家群像）」（「潮」84・4）

青野聰・河野多恵子　「対談時評『寒雷のように』」（「文学界」84・4）

――「書評―『光抱く友よ』」（「毎日新聞」84・4・9）

荒川洋治　「書評―『光抱く友よ』」（「週刊読書人」84・4・16）

三井葉子　「書評―『光抱く友よ』」（「日本読書新聞」84・4・23）

神山圭介　「書評―『光抱く友よ』」（「婦人公論」84・5）

荒川洋治　「書評―『寒雷のように』」（「文学界」84・7）

小林広一　「書評―『寒雷のように』」（「群像」84・7）

津島佑子・三木卓・磯田光一　「創作合評107『波光きらめく果て』」（「群像」84・11）

鈴木貞美・高井有一　「対談時評『波光きらめく果て』」（「文学界」84・11）

饗庭孝男　「解説」（『その細き道』文春文庫、85・3）

黒井千次・清水邦夫・川西政明　「創作合評113『街角の法廷』」（「群像」85・5）

高橋　治　「書評―『街角の法廷』」（「波」85・10）

高橋英夫　「書評―『波光きらめく果て』」（「日本経済新聞」85・10・6）

高野庸一　「書評―『波光きらめく果て』」（「すばる」85・11）

松本健一　「書評―『波光きらめく果て』」（「文学界」85・11）

――「書評―『波光きらめく果て』」（「毎日新聞」85・11・4）

饗庭孝男　「書評―『街角の法廷』」（「新潮」85・12）

中村以久子　「書評―『波光きらめく果て』」（「現代の理論」86・8）

――「髙樹のぶ子作品初の映画化が教える『さわやかな不倫』」（「文芸春秋」86・8）

――「『女たちの』芥川賞と『男だけの』選考委員

会」（「サンデー毎日」86・10・19）
小島信夫・三木卓・川村湊 「創作合評136『陽ざかりの迷路』」（「群像」87・4）
荒川洋治 「解説」（『光抱く友よ』新潮文庫、87・5）
村松友視 「書評―『陽ざかりの迷路』」（「波」87・6）
筏丸けいこ 「書評―『陽ざかりの迷路』」（「図書新聞」87・7・25）
――「書評―『陽ざかりの迷路』」（「毎日新聞」87・8・10）
高橋 治 「書評―『陽ざかりの迷路』」（「文学界」87・9）
津村節子 「書評―『陽ざかりの迷路』」（「新潮」87・9）
小島信夫・増田みず子・秋山駿 「創作合評152『ブラックノディが棲む樹』」（「群像」88・8）
富岡幸一郎 「書評―『虹の交響』」（「日本経済新聞」88・9・25）
饗庭孝男 「解説」（『波光きらめく果て』文春文庫、88・11）
竹岡準之助 「書評―『虹の交響』」（「婦人公論」88・12）
島 弘之 「解説」（『街角の法廷』新潮文庫、89・4）
佐伯裕子 「書評―『ゆめぐに影法師』」（「週刊読書人」89・8・7）
髙樹のぶ子・黒井千次 「対談『時を青く染めて』」（「波」90・4）
島 弘之 「解説」（『陽ざかりの迷路』新潮文庫、90・5）
樋谷秀昭 「書評―『時を青く染めて』」（「日本経済新聞」90・5・20）
井口時男 「書評―『時を青く染めて』」（「週刊読書人」90・5・28）
川村 湊 「書評―『時を青く染めて』」（「新潮」90・6）
川村 湊 「書評―『時を青く染めて』」（「文学界」90・6）
千石英世 「書評―『時を青く染めて』」（「群像」90・6）
荒川洋治 「書評―『時を青く染めて』」（「サンデー毎日」90・7・22）
竹岡準之助 「書評―『時を青く染めて』」（「婦人公論」90・8）
三浦雅士 「書評―『時を青く染めて』」（「海燕」90・8）
寺久保友哉 「解説」（『花嵐の森ふかく』文春文庫、90・9）
川村 湊 「書評―『ブラックノディが棲む樹』」（「文学界」90・12）
村松友視 「解説」（『虹の交響』講談社文庫、91・4）
島 弘之 「解説」（『寒雷のように』文春文庫、91・5）
――「書評―『サザンスコール』上・下」（「毎日新聞」91・7・22）

常盤新平「書評―『サザンスコール』上・下」（「群像」91・10）
川村　湊「書評―『白い光の午後』」（「文学界」92・4）
平岡篤頼「書評―『これは懺悔ではなく』」（「群像」92・7）
川村　湊「書評―『これは懺悔ではなく』」（「文学界」92・8）
みなもと・ごろう「書評―『これは懺悔ではなく』」（「新潮」92・8）
猿谷　要「解説」（『ゆめぐに影法師』集英社文庫、93・10）
川西政明「解説」（『時を青く染めて』新潮文庫、93・10）
高野庸一「書評―『銀河の雫』」（「サンデー毎日」93・11・14）
川西政明「書評―『銀河の雫』」（「現代」94・1）
高井有一「書評―『熱』」（「毎日新聞」94・6・27）
千石英世「書評―『熱』」（「文学界」94・8）
吉野光久「解説」（『サザンスコール』新潮文庫、94・11）
北上次郎「解説」（『ブラックノディが棲む樹』文春文庫、94・12）
村松友視「解説」（『熱い手紙』文春文庫、95・4）
清水良典「解説」（『これは懺悔ではなく』講談社文庫、95・4）
曾根博義「解説」（『哀歌は流れる』新潮文庫、95・4）
髙樹のぶ子「『水脈』」（「読売新聞」95・6・4）
平野　純「書評―『水脈』」（「週刊読書人」95・6・23）
千石英世「書評―『水脈』」（「文学界」95・7）
千石英世「書評―『水脈』」（「群像」95・7）
川西政明「書評―『水脈』」（「サンデー毎日」95・7・16）
清水良典「書評―『水脈』」（「新潮」95・8）
阿川弘之・瀬戸内寂聴・大庭みな子・佐伯彰一・田辺聖子「平成七年度女流文学賞　選評」（「婦人公論」95・11）
長部日出雄「解説」（『霧の子午線』中公文庫、95・11）
与那覇恵子「解説」（『彩雲の峰』新潮文庫、95・11）
川西政明「書評―『億夜』」（「読売新聞」95・11・5）
川西政明「書評―『億夜』」（「群像」95・12）
清水良典「書評―『億夜』」（「波」95・12）
川西政明「書評―『億夜』」（「潮」96・1）
藤田昌司「書評―『億夜』」（「現代」96・1）
――「髙樹のぶ子　女流文学賞受賞」（「婦人公論」96・1）
与那覇恵子「書評―『億夜』」（「週刊読書人」96・2・16）
倉本四郎「解説」（『氷炎』講談社文庫、96・4）
荒川洋治「書評―『花渦』」（「群像」96・12）
倉本四郎「書評―『花渦』」（「文学界」96・12）

川西政明「解説」（『熱』文春文庫、97・5）
与那覇恵子「作家ガイド　髙樹のぶ子」（『女性作家シリーズ20　干刈あがた・髙樹のぶ子・林真理子・高村薫』角川書店、97・10）
与那覇恵子「髙樹のぶ子略年譜」（『女性作家シリーズ20　干刈あがた・髙樹のぶ子・林真理子・高村薫』角川書店、97・10）
渡辺淳一「解説」（『蔦燃』講談社文庫、97・10）
高橋敏夫「書評—『彩月』」（「文学界」97・11）
栗坪良樹「書評—『蘭の影』」（「国文学」98・9）
川西政明「解説」（『億夜』講談社文庫、98・10）
——「髙樹のぶ子が書く超官能スレスレ小説—女性版『失楽園』ついに登場」（「週刊文春」99・1・21）
川西政明「書評—『透光の樹』」（「群像」99・3）
高橋敏夫「書評—『透光の樹』」（「すばる」99・4）
与那覇恵子「解説」（『葉桜の季節』講談社文庫、99・4）
久世光彦「書評—『透光の樹』」（「朝日新聞」99・4・11）
川西政明「解説」（『白い光の午後』文春文庫、99・5）
北上次郎「解説」（『花弁を光に透かして』朝日文庫、99・5）
丸谷才一「書評—『透光の樹』」（「毎日新聞」99・9・12）
——「髙樹さん〝本懐〟の谷崎賞、「中年の恋愛」を純文学に」（「週刊読売」99・9・19）
丸谷才一・河野多恵子・井上ひさし・日野啓三・筒井康隆・池澤夏樹「平成11年度谷崎潤一郎賞　選評」（「中央公論」99・11）
清水良典「解説」（『花渦』講談社文庫、99・12）
樋口　覚「書評—『百年の預言』上・下」（「日本経済新聞」00・3・5）
久世光彦「書評—『百年の預言』上・下」（「朝日新聞」00・3・12）
三浦雅士「書評—『百年の預言』上・下」（「毎日新聞」00・3・12）
重金敦之「書評—『百年の予言』上・下」（「週刊朝日」00・3・24）
黒井千次「書評—『百年の預言』上・下」（「波」00・4）
細貝さやか（聞き手）「インタビュー　髙樹のぶ子『人間の曖昧さ』へのまなざし」（「すばる」00・4）
藤田昌司「書評—『水脈』『透光の樹』『百年の預言』上・下」（「サンデー毎日」00・4・2）
川西政明「書評—『百年の預言』上・下」（「文学界」00・5）
清水良典「書評—『百年の預言』上・下」（「新潮」00・5）

松坂　健「書評―『百年の預言』上・下」（「文芸春秋」00・5）
高井有一「書評―『透光の樹』」（「毎日新聞」00・8・20）
増田みず子「書評―『透光の樹』」（「新潮」00・10）
重金敦之「解説」（『イスタンブールの闇』中公文庫、00・10）
道浦母都子「解説」（『湖底の森』文春文庫、00・10）
香山リカ「解説」（『蘭の影』新潮文庫、00・10）
金田浩一呂「書評―『燃える塔』」（「週刊文春」01・3・29）
辻井　喬「書評―『燃える塔』」（「文学界」01・6）
――「Book―『満水子（上下巻）』（m.c.culture forum）」（「マリ・クレール」01・12）
三浦雅士「解説」（『百年の預言』朝日文庫、02・4）
菅野昭正『変容する文学のなかで　上　文芸時評1982―1990』（集英社、02・7）
菅野昭正『変容する文学のなかで　下　文芸時評1991―2001』（集英社、02・8）
岩見隆夫「髙樹のぶ子さんの『拉致論』に反論（サンデー時評〈246〉）」（「サンデー毎日」02・12・29）
水原紫苑「解説」（『燃える塔』新潮文庫、04・1）
湯川　豊「インタビュー　物語を『舞台』にのせる―『ナポリ魔の風』をめぐって　髙樹のぶ子」（「文学界」、04・1）
後藤正治「解説」（『満水子』下、講談社文庫、04・11）

（専修大学非常勤講師）

髙樹のぶ子 年譜

遠藤郁子

一九四六（昭和二十一）**年**

四月九日、山口県防府市に生まれる。本名、鶴田信子。父高木恭介、母良子、妹順子、祖父母と一緒の生活が続く。子供時代は病弱だったので、床で夢想にふけることが多かった。小学四年の時、山口大学で生物を教えていた父の仕事と家庭の事情から祖父母を置いて山口市湯田に転居するが、母、父、妹の順に肺の病気で倒れ、防府に戻る。

一九六二（昭和三十七）**年　　十六歳**

県立防府高等学校へ進学。文芸部、生物部、美術部、ＥＳＳ部に籍を置き、部活動に励む。

一九六五（昭和四十）**年　　十九歳**

浪人中に初めての小説「火が消える」を書き、太宰治賞に応募する。

一九六六（昭和四十一）**年　　二十歳**

東京女子短期大学英文科に入学。クリスチャンではなかったが、キリスト教教育に強い影響を受けた。短大では文芸部に所属。同人誌「文芸首都」の主宰者保高徳蔵を訪問するなど、創作に興味を持っていた。

一九六八（昭和四十三）**年　　二十二歳**

短大卒業。出版社の培風社に就職。この時の体験が、後に『星夜に帆をあげて』（文芸春秋、86・7）、『花嵐の森深く』（文芸春秋、88・1）に結実する。また、〈恋人が司法試験を受験するのを見て〉自分もやってみたくなり、司法一次試験を受け合格する。

一九六九（昭和四十四）**年　　二十三歳**

夏に祖母、死去。

一九七一（昭和四十六）**年　　二十五歳**

学生時代から交際していた男性と結婚。

一九七四（昭和四十九）**年　　二十八歳**

四月に福岡へ転居。六月に男子を出産する。八月、父が急死。

一九七七（昭和五十二）**年　　三十一歳**

息子を置いて、別居。

一九七八（昭和五十三）**年　　三十二歳**

離婚。〈子供との一切の接触を断つことが離婚の条件〉であった。弁護士鶴田哲朗と同居。〈このとき、子供へのメッセージとしては小説を書く以外にないと覚悟を決める〉（「自筆年譜」）。地元同人誌「らんぷ」に参加。

一九七九（昭和五十四）**年　三十三歳**

「揺れる髪」を「らんぷ」六号に発表。

一九八〇（昭和五十五）**年　三十四歳**

「揺れる髪」が「文学界」二月号に転載される。十一月、「その細き道」を「文学界」十二月号に発表、第八十四回芥川賞候補となり、本格的な作家活動を始める。この年、鶴田哲朗と再婚。

一九八一（昭和五十六）**年　三十五歳**

「遠すぎる友」を「文学界」三月号に発表、第八十六回芥川賞候補となる。

一九八三（昭和五十八）**年　三十七歳**

「追い風」を「文学界」三月号に発表、第八十九回芥川賞候補となる。九月、『その細き道』（文芸春秋）刊行。「光抱く友よ」を「新潮」十二月号に発表。この年ビートルズ狂の夫と共に彼らの故郷リバプールを訪れた。

一九八四（昭和五十九）**年　三十八歳**

「光抱く友よ」で第九十回芥川賞を受賞。初の戦後生まれ女性の受賞ということで話題になった。この年、「その細き道」がテレビドラマ化され、好評を博す（「少女が大人になる時その細き道」の題で、二月五日から三月十八日までの全七回放送。金田賢一、伊藤麻衣子らが出演）。

『光抱く友よ』（新潮社、2）、『寒雷のように』（文芸春秋、4）刊行。

一九八五（昭和六十）**年　三十九歳**

夏にスキューバダイビングのライセンスを取り、その後、モルディブ、マウイ、バリ島などの海に潜るのが恒例となった。『波光きらめく果て』（文芸春秋、9）、『街角の法廷』（新潮社、10）刊行。

一九八六（昭和六十一）**年　四十歳**

七月、『波光きらめく果て』が、藤田敏八監督、松坂慶子主演で映画化され、十一月二十七日には、テレビドラマ化（小川知子主演）もされる。『星夜に帆をあげて』（文芸春秋、7）刊行。

一九八七（昭和六十二）**年　四十一歳**

夏に米政府のプログラムで全米二十数都市を訪れる。十一月、初めての新聞小説「虹の交響」を高知・秋田魁・信濃毎日・北国・中国・神戸・熊本日日の各新聞に連載開始（翌年五月まで）。『陽ざかりの迷路』（新潮社、6）刊行。

一九八八（昭和六十三）**年　四十二歳**

七月十六日から、「花嵐の森ふかく」（若村麻由美、阿部寛ほか）がテレビドラマ化される（九月二十四日まで、全十回）。『花嵐の森ふかく』（文芸春秋、1）、『虹の交響』

（講談社、９）、エッセイ集『熱い手紙』（文芸春秋、10）刊行。

一九八九（平成一）年　**四十三歳**

この年「西日本新聞」を舞台にフェミニズ評価をめぐって評論家塩野実との間で論争する。『ゆめぐに影法師』（集英社、６）刊行。

一九九〇（平成二）年　**四十四歳**

三月、「サザンスコール」を日本経済新聞に連載開始。五月三十日、「街角の法廷」（佐藤浩市ほか）がテレビドラマ放映される。『時を青く染めて』（新潮社、４）、『ブラックノディが棲む樹』（文芸春秋、10）、『霧の子午線』（中央公論社、11）刊行。

一九九一（平成三）年　**四十五歳**

『哀歌は流れる』（新潮社、１）、『サザンスコール』上下（日本経済新聞社、６）、エッセイ集『フラッシュバック』（文芸春秋、６）刊行。

一九九二（平成四）年　**四十六歳**

一月、「銀河の雫」を西日本・中日・東京・北海道・神戸・河北の各社新聞に連載開始（翌年の二月まで）。十一月、作家代表団のメンバーとして中国を訪問。『白い光の午後』（文芸春秋、２）、『これは懺悔ではなく』（講談社、５）、『彩雲の峰』（福武書店、９）刊行。

一九九三（平成五）年　**四十七歳**

『湖底の森』（文芸春秋、２）、『氷炎』（講談社、５）、『銀河の雫』（文芸春秋、９）刊行。

一九九四（平成六）年　**四十八歳**

『熱』（文芸春秋、５）、『蔦燃』（講談社、９）刊行。『蔦燃』で、第一回島清恋愛文学賞を受賞。

一九九五（平成七）年　**四十九歳**

五月、東欧を旅する。エッセイ集『花弁を光に透かして』（朝日新聞社、２）、『水脈』（文芸春秋、５）、『億夜』（講談社、10）刊行。『水脈』で、第三十四回女流文学賞を受賞。

一九九六（平成八）年　**五十歳**

この年、すばる文学賞の選考委員となる。また、『霧の子午線』が、出目昌伸監督、岩下志麻、吉永小百合ほかの出演で、映画化された。エッセイ集『葉桜の季節』（講談社、４）、『花渦』（講談社、９）刊行。

一九九七（平成九）年　**五十一歳**

三月三十一日から、「氷炎―死んでもいい」（小川知子主演）が昼の連続ドラマ化される（六月二十七日まで、全六十五回）。エッセイ集『恋愛空間』（講談社、５）、『彩月』（文芸春秋、８）、『女性作家シリーズ20　干刈あがた・髙樹のぶ子・林真理子・髙村薫』（角川書店、10）

が刊行される。

一九九八（平成十）**年　　五十二歳**

『イスタンブールの闇』（中央公論社、2）、『蘭の影』（新潮社、6）、エッセイと小説と対談を収録した『サモア幻想』（NHK出版、8）を刊行。

一九九九（平成十一）**年　　五十三歳**

『透光の樹』（文芸春秋、1）刊行。この作品で、第三十四回谷崎潤一郎賞を受賞。

二〇〇〇（平成十二）**年　　五十四歳**

『百年の預言』上下（朝日新聞社、3）刊行。

二〇〇一（平成十三）**年　　五十五歳**

『中日女作家新作大系』（中国文方陣出版社、9）の一冊として、「透光の樹」など数編が中国語に翻訳され出版される。この年下半期（第百二十六回）から、芥川賞の選考委員となる。『燃える塔』（新潮社、2）、エッセイ集『妖しい風景』（講談社、4）、『満水子』上下（講談社、10）刊行。

二〇〇二（平成十四）**年　　五十六歳**

『エフェソス白恋』（文化出版局、9）刊行。

二〇〇三（平成十五）**年　　五十七歳**

『罪花』（文芸春秋、4）、『ナポリ魔の風』（文芸春秋、10）刊行。

二〇〇四（平成十六）**年　　五十八歳**

『マイマイ新子』（マガジンハウス、9）刊行。十月、『透光の樹』が根岸吉太郎監督、秋吉久美子、永島敏行ほか出演で映画化される。

二〇〇五（平成十七）**年　　五十九歳**

単行本未収録の小説やエッセイ、対談、インタビューなどを収録した『髙樹のぶ子book』（マガジンハウス、3）が刊行される。五月、「せつないカモメたち」（「週刊朝日」5・6）連載開始。十月、九州大学アジア総合政策センターの特任教授に就任。

※年譜作成にあたり、与那覇恵子作成の年譜（『女性作家シリーズ20』、『現代女性作家研究事典』）などを参照した。

（専修大学非常勤講師）

現代女性作家読本 ⑥

髙樹のぶ子

発　行――二〇〇六年八月三〇日
編　者――与那覇恵子
発行者――加曽利達孝
発行所――鼎　書　房　http://www.kanae-shobo.com
〒132-0031　東京都江戸川区松島二-一七-二
TEL・FAX　〇三-三六五四-一〇六四
印刷所――イイジマ・互恵
製本所――エイワ

表紙装幀――しまうまデザイン

ISBN4-907846-37-1　C0095

現代女性作家読本（全10巻）

原　善編「川上弘美」
高根沢紀子編「小川洋子」
川村　湊編「津島佑子」
清水良典編「笙野頼子」
清水良典編「松浦理英子」
与那覇恵子編「髙樹のぶ子」
高根沢紀子編「多和田葉子」
与那覇恵子編「中沢けい」
川村　湊編「柳美里」
原　善編「山田詠美」

現代女性作家読本　別巻①
武蔵野大学日文研編「鷺沢萠」